カフカ・コレクション

断食芸人

カフカ

池内紀＝訳

白水uブックス

Franz Kafka
Ein Landarzt
und andere Drucke zu Lebzeiten
Kritische Ausgabe
herausgegeben von Wolf Kittler,
Hans-Gerd Koch und Gerhard Neumann

Published by arrangement with Schocken Books,
a division of Random House, Inc.
through The English Agency (Japan) Ltd., Tokyo

断食芸人

目次

田舎医者　短篇集

——わが父に

新しい弁護士

新しい弁護士である。名前はドクトル・ブケファァロス。外見的にはマケドニア王アレクサンドロスの軍馬だったころの面影はほとんどない。しかし、消息通にはわかるようで、つい先だって私自身が正面の外階段で目撃したのだが、競馬好きの裁判所の傭い人が、しがないなじみ客の目でもって高々と脚をあげ、大理石にカツカツと音をたててのぼっていく弁護士を、じっと見つめていた。

弁護士会はブケファァロスの入会を大過なく承認した。きちんと見通した上で言い交わしたところだが、今日の社会秩序にあってブケファァロスは身の置きどころがなく、その世界史における意味合いからも受け入れて当然のことなのだ。今日このごろ——この点、なんぴとも否定しないであろう——大王アレクサンドロスはいない。なるほど、殺しの手わざをこころえた徒輩《やから》にこと欠かないし、会食のテーブルごしに友人を槍で突き刺す手だれもなくはない。マケドニアは小さすぎるといって父君フィリッポス二世を罵っている連中も多い。しかし、誰ひとり、まったくもって誰ひとり、インドへ兵をすすめるなんてことはできないのだ。すでに大王のころにもインドの門は遠かった。しかし、ともかくも大王の剣はインドを指差したのである。今日このごろ、城門はどこか高いところに移されて、誰もインドを指差そうとはしない。剣をもっていても、ただ振りまわすだけ。それを目で追って、うろたえている。

だからブケファロスがしたように法律書にもぐりこむのが最良かもしれない。乗り手の足に脇腹を蹴られるおそれもなく、のびのびと、静かな明かりの下で、戦場のざわめきから遠いところで、古い書物のページをくって読みふける。

田舎医者

わたしは困りはてていた。ぜひとも出かけなくてはならなかった。重病の患者が十マイルはなれた村で往診を待っている。だが、猛吹雪でどうにもならない。馬車ならあった。軽くて車輪の大きなやつ、田舎道におあつらえ向きの馬車である。毛皮にくるまり往診用のカバンを下げて、すっかり支度をととのえて私は内庭に立っていた。だが馬がいない。肝心の馬がいないのだ。わが家の馬はこの冬の酷使のあおりで、昨夜死んでしまった。女中がいま馬を借りるために村中を駆け廻っている。おそらく駄目だろう。私にはわかっていた。ますます雪に降りこめられ、ますますもって身動きならず、わたしはあてもなく立ちつくしていた。門口に女中がもどってきた。空しくカンテラを振っている。そうだとも、誰が大事な馬をこんな用向きに貸したりするだろう。もう一度、内庭を見わたした。もはやすべがないのだ。腹立ちまぎれについ思わず、この数年来ほったらかしで半ば壊れた豚小屋を蹴とばした。戸が開いてバタついている。すると中から馬の体温と体臭のようなものがただよってきた。小屋用のカンテラがぼんやりと揺れている。一人の男が仕切り部屋にうずくまっている。青い目の、あっけらかんとした顔を上げ、四つん這いで這い出てきた。

「馬に用ですかい？」

どう答えていいかわからない。小屋に、ほかにまだ何かいるのかどうか確かめようとして身をかがめた。女中が横に立っている。

「自宅にどんなものがそなわっているか、知らないものね」

と、彼女が言った。わたしたちは声をたてて笑った。

「よう、兄貴、よう、姉《あね》さん」

馬丁がどなった。馬が二頭、とびきりたくましいやつが押しあいながら、脚をすぼめて形よい首をラクダのように沈め、狭い戸口いっぱいに胴をくねらせるようにして現われた。とみるまにすっくと立った。全身から湯気をたてている。

「手伝っておあげ」

女中がいそいで馬丁の横で馬具の取りつけにかかろうとしたとたん、馬丁はむんずと彼女をつかまえ顔を激しくこすりよせた。女中は悲鳴をあげて逃げもどった。頬に二列の歯形がついている。

「畜生め」

私はどなった。

「笞《むち》をくらわそうか」

しかし、すぐに相手がまるで見知らぬ人間であることに気がついた。どこから来たのかもわからない男が、村中の者にことわられたというのに馬を貸そうと申し出てくれたのだ。こちらの心中を読みとったかのように男は私の威嚇を聞き流した。馬に手をそえながら、やにわに向き直った。

「お乗りを」

なるほど、すっかり用意がととのっていた。さても見事な馬である。こんな馬を走らせたためしがない。いそいそと乗りこんだ。

「手綱は自分でとる。おまえは道を知るまい」

「いかにも」

と、馬丁は言った。

「お伴はいたしません。ローザのお守りをしておりますよ」

「いやだわ」

ローザが叫んだ。どうにもならない運命を感じとって家に走りこんだ。鎖錠の音がした。鍵がカチリとかかるのを聞いた。闇に身を隠すためだろう、玄関の間から奥の間と、次々に明かりが消えていく。

「いっしょにこい」

わたしは馬丁に言った。

「でなければ出かけるのはやめだ。どんなに待たれていようともな。女中をむざむざ手ごめにされてまで出かける必要はない」

「さあ、行け！」

馬丁が叫んで手を打ち鳴らした。急流を下る流木のように、馬車はまっしぐらに走り出した。わが家の戸口が馬丁の体当たりでメリメリとはじけとぶのを聞いたせつな、耳をかすめる風音が五感を圧倒して轟いた。それも一瞬のこと、わが家の門が患者宅の内庭に開いているかのように、すでにして着いていた。馬は悠然と立っている。吹雪はおさまった。あたり一面に月光がさしかけている。患者の両親が走り出てきた。うしろに娘たちがいた。馬車から抱きとるようにして私を降ろすと、めいめいが口々に話すので、何がどうなのかわからない。患者の部屋は息がつまるほどけむっていた。暖炉の手入れがおろそかで、火がくすぶっている。窓をあけなくてはならない。しかしその前に患者を診《み》たかった。痩せっぽち、熱はなし、平熱、目はうつろ。少年は素裸のまま羽根ぶとんの下からからだを起こすと、私の首に抱きついてささやいた。

「先生、ぼくを死なせてください」

わたしはまわりを見廻した。誰にも聞かれなかったようだ。両親はうつむいて黙然と立っている。早く診察の結果を知りたいのだ。往診カバンを置くための椅子を娘たちが運んできた。わたしはカバンを開いた。少年は先ほどのたのみごとを思い出させようと、なおもベッドから手をのばす。ピンセットを取り出して、ローソクの明かりで確かめてからカバンにもどした。

「まったくもって」

と、わたしは瀆神《とくしん》的なことを考えた。

「こんな場合にかぎって神々はおやさしい。馬がいなければ馬をよこし、急ぎの用だからと一頭追加、おまけに馬丁つきときた――」

このとき、ふっとローザのことを思い出した。どうしよう、どうやって救うのだ、どうすれば馬丁から守ってやれる、十マイルもはなれている、手に負えない馬をどうやってあやつればいい。馬のやつ、どうかして革紐をゆるめたにちがいない。これまたどうやってかわからないが、窓を外からあけて二頭それぞれが一つの窓から首を突き入れた。家族の悲鳴にもいっさいかまわず、凝然と患者を見つめている。

「すぐにもどるとしよう」

帰宅を馬にせきたてられたような気がした。しかし娘たちに毛皮をぬがされても、なすがままにさせていた。彼女たちはムッとする部屋の温度にこちらがぼうっとしていると思ったらしい。ラムを一杯すすめてきた。老女がわたしの肩を叩いた。親愛のしるしに、とっておきをふるまってくれるわけだ。わたしは首を振った。考えの狭い老人は気を悪くするかもしれないが、だからといって無理強いは御免こうむる。母親はベッドのかたわらに立っている。手招きした。その手招きに従って、わたしは少年の胸元に顔をつけた。馬が高々といななた。わたしのひげが濡れていたので少年が身ぶるいした。思ったとおりだ、いたって健康である。少し血色が悪いのは心配性の母親が珈琲をやりすぎるせいだろう。とにかく健康そのものなのだ。すぐさまベッドからたたき出すのが最良というもの。こちらは慈善家ではない。こういう患者は放っておこう。こちらは地区の契約医だ。うんざりするほど義務をはたしている。給金は少ないが貧者にも親切で、いつなんどきでも駆けつける。ローザのためにも駆けつけなくてはならない。少年の言ったとおりだ、死にたいぐらいのものである。いつ終わるともしれないこの長い冬を、どうすればいい。馬は死んでしまった。村には一人として自分の馬を貸そうと言うものがいない。豚小屋から生きものを引っぱり出さなくてはならないのだ。馬だからよかったものの豚だったらどうしよう。つまりがこうなのだ。わたしは家族の方にうなずいてみせた。彼らは何一つ知らない。たとえ告げられても信じないだろう。処方箋を書くのはやさしいが、それ以外のことで人々と理解し合うのはむずかしい。まあ、とにかく往診はすませた。またしても無駄な骨折りだった。もう慣れている。地区の連中ときたら、のべつ夜間の救急ベルを鳴らしてわたしを苦しめる。このたびはローザにまで巻きぞえを食わした。可愛い娘だ。もう何年も、ろくにかまいだてしないのに世話をやいてくれた――この犠牲は大きすぎる。なんとか頭の中だけでも、なだめすかさなくてはなるまい。さもないとローザをやられた腹いせに、ここの人々にとびかからないともかぎらない。私がカバンを閉めて毛皮をよこすように合図をしたとき、家族の面々はひとかたまりになっていた。父親は手にもったラム入りのコップを嗅いでいる。母親はどうやら失望したらしい――まったくこの手の連中ときたら、なんてことを期待するのだろう?――目にいっぱい涙をため、唇を嚙んでいる。娘たちは血のしたたるハンカチを振り廻している。わたしはなんとなく、ことと次第によれば少年が病気であると認めてやってもよいような気になってきた。そこで少年に近よった。少年はとびきりこってりしたスープを運んできてもらったように、にこにこと笑いかけた――またしても高々と馬がいななく。ことによると、どこやらの定めによってわたしの診察を助けるためにいないているのかもしれない――このとき気がついた。なるほど、これは重病人だ。右の脇腹、腰のところに掌《てのひら》いっぱいほどの傷がパックリと口をあけている。薔薇《ローザ》色の大きな傷だ。その色が微妙に変化して中心部が黒ずんでおり、まわりにいくほど明るい。いろんな形の血の塊がこびりついている。露天掘りの炭鉱といったぐあいだ。一見してそうである。仔細にみると、もっとひどい。思わずヒューと口笛の一つも鳴らしたくなるくらいのものだ。太さ、長さが小指ほどもあるうじ虫がむらがっている。もともと薔薇色なのか、血にまみれてそうなのか。頭部は白い。たくさんの足がある。傷口にはりついて、うごめいている。哀れな少年だ。どうしようもない。おまえの大きな傷を見つけた。脇腹に咲いた薔薇色の花がおまえのいのち取り。家族は顔を輝かせてわたしの診察ぶりに見とれている。娘が母親にささやき、母親が父親にささやき、その父親は客たちに伝える。つま先立ちして両腕をのばしバランスをとりながら、開いた戸口にさしている月光の中を客たちが入ってきた。

「ぼくを助けてくれますね」

泣きじゃくりながら少年がささやく。傷口にうごめく生きものを見て気持が動転したらしい。ここの住人はみなこうだ。到底できもしないことを医者に求める。信心は捨てた。司祭ひとり教会にとり残されて、ミサの衣を一つ一つつけば立たせている。何ごとも医者がメスさばきよろしくやってのけなくてはならない。ひどい話だ、聖務にひとしいことまでもやれという。なすすべがない。どうしろというのだ。老いた田舎医者、その女中が手ごめにされた！

連中がやってくる。家族の面々と村の長老たちだ。連中はわたしを裸にする。先生につれられた小学生の合唱隊が家の前に並び、単調な歌をうたった。

「裸にしろ、裸にすれば治すだろう
裸にしても治さなければ、殺してしまえ！
〝ただの医者〟、おまえは〝ただの医者〟」

それからわたしは裸にされた。人々は指をひげにそえ、首をかしげてのんびりと眺めている。わたしはあわてない。悠揚迫らず、泰然とかまえていた。といって、どうなるものでもないのだった。連中ときたら、わたしの頭と足をもってベッドへ運びこむ。壁がわりというふうにぴたりと少年の傷口へ押しあてた。そして全員、そそくさと部屋を出ていった。ドアが閉まり、歌がやんだ。雲が月をさえぎる。

ふとんの中はあたたかい。窓辺には馬の首が黒々とゆれている。

「あのね」

耳もとでささやきがした。

「ぼく、先生を信用していない。こんなところに転がりこんで来た人だもの。自分の足で来たんじゃない。ぼくを助けてくれるかわりに、ベッドに割りこんできただけだ。先生の目玉を、くじりとってやりたいよ」

「いかにも」

と、わたしは言った。

「情けない。しかし、ともかく医者なんだ。何をしよう？　これで結構、むずかしい仕事なんだな」

「そんな言い逃れで満足しなくちゃあならないのかな。そうするしかないのかな。いつもこうさ。花のような傷をもってこの世に生まれてきた。ぼくのたった一つのお土産《みやげ》」

「お若いの」

と、わたしは言った。

「君のまちがいは考えが狭いってことだ。いっぽう、わたしはいろいろな病人に枕辺で立ち会ってきた。世間を見てきた。そのわたしが言うのだが、いいかね、君の傷はそれほどひどいものじゃない。手斧《ておの》でザクッとやられたのだろう。森の中で、すぐ近くで手斧をふるっているとも知らず脇腹をむき出しにしたりするからさ」

「本当にそうなの？　それとも熱にくらましたウソなの？」

「本当だとも。お医者さまを信じなさい」

少年は静かになった。しかし今度はわたし自身の救出を考えるときである。馬はいぜんとして窓辺に立っている。そそくさと衣服と毛皮とカバンを取りまとめた。大急ぎで身ごしらえした。来るときのように馬がすっとばしてくれさえしたら、たかだかベッド一つを移るようなものである。一方の馬がおとなしく窓をはなれた。わたしはまるめた荷物を馬車に投げた。毛皮がフワリととんで、うしろの止め具にひっかかった。よし、これでよし。わたしは馬にとび乗った。革紐はゆるんで垂れ下がり、馬二頭をとめるものもなく、馬車はただフラフラと牽《ひ》かれていく。毛皮が雪をかぶってゆれている。
「それ、行け！」
わたしは叫んだ。だがいっこうに進まない。老いぼれのようにおぼつかなく、雪の荒野をとぼとぼといく。そのあと長いこと、子供たちの歌が聞こえていた。新しい歌、まちがった歌。

「よろこべ、おまえたち、患者さん
先生がベッドでともねをしてくれた！」

これではとても家にたどりつけない。繁昌していた商売もこれきり、あとがまが盗みとる。しかし無益なことだろう。わたしの代わりになど、なれっこないのだ。家ではあのいやらしい馬丁が好き放題をしているだろう。ローザを手ごめにしている。想像するのはよそう。裸で、この災い多い時代の身を切るような寒気にさらされ、この世の馬車と、この世ならない馬のまにまに老いぼれがうろついている。毛皮がうしろにぶら下がっているが、手がとどかない。落ち着きのない患者どもの誰ひとりとして手をかしてくれない。してやられた！　してやられた！　たとえ偽りにせよ夜の呼鈴が鳴ったが最後――もう取り返しがつかないのだ。

天井桟敷で

いまにも倒れそうな肺を病んだ女が、サーカスで馬の曲乗りをしているとする。馬はよぼよぼ、観客は囃し立て、団長は冷酷に鞭をふるい、何か月もずっと、かたときも休まずグルグル廻っているとする。馬の上で風を切り、投げキッスして、タイツ姿で身をよじり、楽隊はにぎやかに演奏をつづけ、通風機がうなりをあげ、万雷の拍手が蒸気式のハンマーのように、しずまってはまた起こるなかで、はるかな灰色の未来へ向けて曲乗りをつづけているとする――とすると、天井桟敷の若い客が長い階段を駆け下り、客席を抜け、はやくも舞台へとび出て、ここぞとばかり吹き鳴らされるファンファーレのなかで、ひと声、叫んでいないだろうか。

「やめろ!」

だが、そうではないのだ。誇らかにお仕着せをつけた男たちが幕を開けると、白と赤に着飾った美しい女が軽やかに進み出る。団長はうやうやしく近づき、すがるような目つきで、いとしい孫娘を危険な旅にでも出すかのように、そっと葦毛《あしげ》の馬に乗せ、鞭で合図するのも気がねなようす、勇を鼓して、やおら一振りしたが、つづいて自分も馬と並んで息を切らしつつ走り出し、食い入るような目で曲芸を追っかけ、ほとほと感服したていで、つとめて英語で注意を与え、轡《くつわ》をもった馬丁を嚙みつかんばかりに叱りとばし、大一番の宙返りを迎えると、両手を大きくひろげて楽隊を制し、つづいてはわななく手で馬から女を抱き下ろすと、両の頬にキスの雨を降らせ、観客に拍手、喝采を催促する。女は団長に支えられ、つま先立ちして、埃の舞うなかに両手をのばし、首をそらしてサーカスのよろこびを分かち合う――つまりは、こうなのだ。天井桟敷の客は手すりに顔をのせ、しめくくりの行進曲を聞きながら、せつない夢に沈みこみ、われ知らず涙にくれる。

一枚の古文書

自分の国を守るということをすっかりおろそかにしていた。さっぱりそのことを考えず、日々の仕事にかまけていた。このところの出来事にてらして、あれこれ心配しないではいられない。

わたしは王宮前の広場に仕事場をかまえる靴屋だが、夜明けに店を開くやいなや、どの通りの入口も武装した者たちに占められている。わが国の兵士ではなく、あきらかに北方の匈奴《きょうど》たちだ。王城の地は国境からずいぶん遠いというのに、まるで不可解なことながら、彼らは深くここまで押し入ってきた。すでに堂々と居すわって、みたところ日ごとに数がふえていく。

習性に応じて彼らは野天で暮らしている。住居というものが嫌いなのだ。剣を研ぎ、槍をとがらせ、馬を馴らしている。もの静かでチリ一つなかった広場を、彼らは厩舎に変えてしまった。おりおりまわりのだれかれが店からとび出して、せめても汚物を処理しようとしたのだが、日を追ってそういうことも稀になった。無理してやってみてもかいがないし、それに荒馬に踏みつけられるか、したたか鞭でひっぱたかれるのがおちなのだ。

匈奴とは話が通じない。彼らはわれわれの言葉を解さないし、そもそも彼らは言葉というものをもたぬらしいのだ。おたがい同士はカラスのようにしてわかり合うようで、カラスの鳴き声が聞こえるばかりだ。われわれの暮らし方や家具といったものは、彼らにはどうでもいいことであり、また不可解きわまるらしく、身振りや手振りにものってこない。顎を外そうとも手の関節をひねってみせようとも、まるきり無頓着で、さっぱりわかろうとしないのだ。ときおり彼らは顔をゆがめる。すると白眼がむき出しになって、口から泡がわき出る。だからといって何かをいいたいわけではなく、またおどしかけてきたのでもない。そうしたいから、そうするだけのこと。必要なものは勝手にもっていく。力ずくというのではなく、彼らが手をのばせば、だれもがわきにしりぞいて、したいようにさせておく。

わたしの仕事場からも上等の品をもっていった。しかし、たとえばま向かいの肉屋をみれば、嘆いたりなんぞできない。肉屋ときたら、肉を仕入れてくるやいなや即座にもぎとられ、肉はすっかり匈奴の口に収まってしまう。彼らの馬も肉を食うので、兵と馬とが同じ肉の塊に向かいあって齧りついていることがある。肉屋は怖ろしいものだから、とてもじゃないが肉の提供を打ちきれない。われわれも重々それを承知しており、小銭をあつめては肉屋を支援している。もし肉がとだえると、彼らは何をしだすやら、わかったものではないのである。毎日、肉を手にしていても、何をやらかすつもりなのやら見当もつかないのだ。先だって肉屋は、せめても手間を省こうと考え、牡牛を生きたまま放り出した。二度としてはならないことだろう。牡牛の咆哮を聞かないでいるために、まる一時間というもの、仕事場の床にへばりつき、ありたけの衣類や毛布や背もたれなどの下にひそんでいなくてはならなかった。匈奴どもが四方から牡牛にとびかかり、歯をつき立てて肉を嚙みとろうとしたからである。勇気をふるって外に出たのは、すべてが終わってからかなりたってのことである。牡牛の残骸のまわりには、酔っぱらいが酒樽のまわりにころがっているように、連中が身を横たえていた。

ちょうどそのころのことだと思うが、王宮の窓辺に皇帝さまの姿を見かけた。これまではついぞ目立ったところにお出にならず、いつも奥の庭におられるというのに、このたびは窓辺に佇《たたず》み、王城の前の光景を、肩を落として見つめておられた。

「どうなるというのだろう？」

みんなで言い合っている。

「いつまでこの責苦を我慢しなくてはならないのだ？　王宮が匈奴を誘いよせたというのに、追い払うすべを知らない。城門は閉じられたままだし、かつては晴れやかにパレードをしていた衛兵たちは、いまは格子窓からながめているだけで、国の守りはわれわれ職人や商人にゆだねられている。だが、その種のことは手にある。そんなことができるなどと誇ったこともない。とんだ誤解であって、そのためにわれわれは破滅をみなくてはならないのだ」

掟の門前

掟の門前に門番が立っていた。そこへ田舎から一人の男がやって来て、入れてくれ、と言った。今はだめだ、と門番は言った。男は思案した。今はだめだとしても、あとでならいいのか、とたずねた。

「たぶんな。とにかく今はだめだ」

と、門番は答えた。

掟の門はいつもどおり開いたままだった。門番が脇へよったので男は中をのぞきこんだ。これをみて門番は笑った。

「そんなに入りたいのなら、おれにかまわず入るがいい。しかし言っとくが、おれはこのとおりの力持ちだ。それでもほんの下っぱで、中に入ると部屋ごとに一人ずつ、順ぐりにすごいのがいる。このおれにしても三番目の番人をみただけで、すくみあがってしまうほどだ」

こんなに厄介だとは思わなかった。掟の門は誰にもひらかれているはずだと男は思った。しかし、毛皮のマントを身につけた門番の、その大きな尖《とが》り鼻と、ひょろひょろはえた黒くて長い蒙古《もうこ》ひげをみていると、おとなしく待っている方がよさそうだった。門番が小さな腰掛けを貸してくれた。門の脇にすわっていてもいいという。男は腰を下ろして待ちつづけた。何年も待ちつづけた。その間、許しを得るためにあれこれ手をつくした。くどくど懇願して門番にうるさがられた。ときたまのことだが、門番が訊《き》いてくれた。故郷のことやほかのことをたずねてくれた。とはいえ、お偉方がするような気のないやつで、おしまいにはいつも、まだだめだ、と言うのだった。

たずさえてきたいろいろな品を、男は門番につぎつぎと贈り物にした。そのつど門番は平然と受けとって、こう言った。

「おまえの気がすむようにもらっておく。何かしのこしたことがあるなどと思わないようにな。しかし、ただそれだけのことだ」

永い歳月のあいだ、男はずっとこの門番を眺めてきた。ほかの番人のことは忘れてしまった。ひとりこの門番が掟の門の立ち入りを阻《はば》んでいると思えてならない。彼は身の不運を嘆いた。はじめの数年は、はげしく声を荒らげて、のちにはぶつぶつとひとりごとのように呟きながら。

そのうち、子供っぽくなった。永らく門番をみつめてきたので、毛皮の襟《えり》にとまった蚤《のみ》にもすぐに気がつく。すると蚤にまで、おねがいだ、この人の気持をどうにかしてくれ、などとたのんだりした。そのうち視力が弱ってきた。あたりが暗くなったのか、それとも目のせいなのかわからない。いまや暗闇のなかに燦然《さんぜん》と、掟の戸口を通してきらめくものがみえる。いのちが尽きかけていた。死のまぎわに、これまでのあらゆることが凝結して一つの問いとなった。これまでついぞ口にしたことのない問いだった。からだの硬直がはじまっていた。もう起き上がれない。すっかりちぢんでしまった男の上に、大男の門番がかがみこんだ。

「欲の深いやつだ」

と、門番は言った。

「まだ何が知りたいのだ」

「誰もが掟を求めているというのに」

と、男は言った。

「この永い年月のあいだ、どうしてわたしのほか誰ひとり、中に入れてくれといって来なかったのだろう?」

いのちの火が消えかけていた。うすれていく意識を呼びもどすかのように門番がどなった。

「ほかの誰ひとり、ここには入れない。この門は、おまえひとりのためのものだった。さあ、もうおれは行く。ここを閉めるぞ」

ジャッカルとアラビア人

オアシスで野営した。同行者は眠っている。背の高い白衣のアラビア人が、すぐそばを通っていった。駱駝《らくだ》の世話をしていたのだ。寝場所へと去った。

わたしは草の上にあお向けざまに身を投げ出した。眠りたい。しかし眠れない。遠くでジャッカルの悲しげな啼《な》き声がする。体を起こしてすわりなおすと、遠くだと思っていたものが、突然、すぐそばに来ていた。ジャッカルの群れが周りをとり巻いている。鈍い金色の目がキラキラと点滅している。鞭の統率の下にあるかのように、しなやかな体を整然と動かしている。

背後から一匹が近づいてきた。わたしの体温を慕うかのように腋の下にもぐりこみ、前へまわると、顔をすりつけるようにしてこう言った。

「おれはこの近辺で一番の年寄りだ。おまえさんに会えてうれしい。とてもじゃないが会えないと思っていたもんでね。なにしろずっと待たされてきた。おふくろさんもおまえさんを待っていた。おふくろのおふくろ、そのまたおふくろ、そもそもの初めのおふくろの代から待ちつづけていた。本当ですぜ！」

「これは異《い》なことをうかがうものだ」

ジャッカルを追い払うため薪を用意していたのに、火をつけるのを忘れていた。

「妙な話じゃないか。このわたしといえば遠い北方から、たまたまここにやってきた旅行者で、ほんの短期間の旅の途中なんですよ。そんな人間にどうしてほしいというのかね」

思いがけずやさしい言葉をかけてもらって大よろこびといった風に、ジャッカルたちはとり巻いていた輪をちぢめ、じりじりとすり寄ってきた。一同、こぜわしく呼吸《いき》をしている。

「北方からおいでになったことは承知していますとも」

ジャッカルの長老が口をきった。

「そこに期待をかけておりましてね。北方には、ここアラビア人のところでは望むべくもない悟性というものがありますからな。こちらの連中ときたら、ただただ冷静で高慢ちきなだけ、悟性の光などかけらもありませんや。やつらときたら食うために獣《けもの》を殺す。そのくせ屍体はほったらかし」

「シッ、声が高い」

わたしは口をはさんだ。

「すぐ近くにアラビア人が寝てますよ」

「いかさま、おまえさんはよそ者だ」

長老が言った。

「だからしてごぞんじない。古今を通じて一度でも、われらがアラビア人を怖れたためしがありますかね。なぜ怖れなくてはならんのだ。こんな連中のなかに追いやられていることだけでも、この上ないふしあわせというものじゃないか」

「なるほど、そうかもしれない」

と、わたしは言った。

「自分にかかわりのないことに意見がましいことなどしたくはありませんね。ともかく遠い昔からのいざこざのようじゃないか。そもそものはじまりが血にひそんでいるとしたら、いずれ血をみなくては収まりがつくまいね」

「いや、さすがだ、お目が高い」

長老が言った。一同の息づかいがなおのこと高まった。凝然としているだけなのに、胸が激しく波打っている。カッとひらいた口から、むせ返るように強烈な悪臭を吐きつけてきた。

「お説のとおりで、ジャッカルの教典にもそのように書いてある。おれたちがやつらの血をいただいて、そのとき戦いが終わるとさ」

「さあ、どうかな」

思った以上に自分の声が高ぶっていた。

「連中だって防戦につとめようさ。銃がある、おまえたちをズラリと並べて撃ち殺すだろうよ」

「わかっていないんだな」

長老は言った。

「人間というのは北方であろうとどこであろうと、同じ流儀でしか考えないのかね。おれたちは殺したりしない。いくらナイルの水があろうとも、洗いきよめるには足るまいぜ。おれたちはやつらの生身《なまみ》を目にしたとたん、一目散に逃げ出すのさ。清らかな大気の中へ、砂漠へと逃げこむのさ。砂漠こそおれたちの故里だ」

この間につぎつぎと後続のジャッカルがやってきて、ひしめき合っていた。そろって前脚の間に頭を沈め、しきりに顔を掻いている。心中の憤懣《ふんまん》を押し隠しているようで、気味悪いったらないのである。なろうことなら、ひとっ跳びして輪の中から逃げ出したいところだった。

「それで、どうしたいというのだね」

声をかけた。立ち上がろうとしたが思うにまかせない。二匹の若いジャッカルが、うしろから上衣と下着をガッキと嚙んでいる。やむなくそのままますわっていた。

「足元のお世話をさせていただく連中でして」

長老がものものしく弁明した。

「敬意のおしるしでありましてね」

「はなせ！　はなしてもらいたい！」

長老と若い方とに、かわるがわる声をかけた。

「おっしゃるとおりにいたしましょう」

長老が答えた。

「だが少々ご辛抱を。この若いのは古式にのっとり、しっかりと嚙みついておりますので、はなすとなると食いこんだ歯をそろりそろりとひらかなくてはならんのです。その間にこちらの願いをきいていただきたい」

「こう手荒くされては、あまり気乗りがしないのだがね」

「なにぶん、ふつつか者ぞろいでして。この段ひらにご容赦ねがいたい」

長老はこのときはじめて、持ち前の哀れっぽい声で言った。

「哀れな獣でありまして、歯がたよりなんです。良きにつけ悪しきにつけ、何をするにもこの歯でありましてね」

「つまりは何をして欲しいのだ」

あいかわらずわたしは尖った声で言った。

「ご主人さま」

長老が叫んだ。とたんにジャッカルがいっせいに吠えた。はるかなかなたでわき起こった一つの旋律のようだった。

「この世を二分しているわれらが戦いにケリをつけていただきたい。われらがご先祖が言い残していったところによると、まさしくご主人さまのようなおひとがケリをつけに来られるとのこと、アラビア人から和平を奪いとらなくてはならんのです。呼吸のできる大気と、見わたすかぎりアラビア人の影のない風景とをかすめとらなくてはならない。やつらが羊を殺すときの哀れな獣の悲鳴など聞きたくもない。獣はすべて、おのずからくたばるのが天命だ。されば心おきなく血をすすり、骨が齧《かじ》れる。この世をきよめたいのだ。われらの願いはそればかり」

ジャッカルがいっせいに声をあげて泣いた。しゃくりあげて泣いた。

「高邁な心と、うるわしい内臓をお持ちのお方なら、この世が我慢ならないはずでしょうがね。やつらの白は汚れている。やつらの黒は汚れている。やつらのひげはおぞましい。やつらを目にすると吐き気がする。やつらが腕を上げると、腋の下に地獄がのぞく。だからしておまえさん、いや、ご主人さま、この鋏《はさみ》をおあずけしよう。万能のその手に握って、やつらの首をチョキンと切り落としてもらいたい！」

長老がやおら首を振った。一匹のジャッカルが走り出てきた。小さな錆びついた鋏をくわえている。

「いよいよ鋏のお出ましときた。では、これにて幕！」

風下《かざしも》から近寄ってきたキャラバンの隊長が、長い鞭を振るいながら大声で叫んだ。ジャッカルは雲をかすみと逃げ出したが、あるところまで逃げると足をとめ、ひしめきあってじっとしている。細長い垣根の上に鬼火が燃えているといったぐあいだ。

「やつらの芝居はいかがでしたか」

隊長はつつしみ深いこの国の人たちの礼節の範囲ではあれ、さもたのしそうに笑いながら言った。

「とおっしゃると、何を訴えていたのか、ごぞんじなんですね」

「むろんですとも」

と、アラビア人は言った。

「誰だって知っています。われわれアラビア人がこの世に生存している限り、例の鋏は砂漠をさまよっているでしょう。この世の終わりの日まで、われわれといっしょに旅をするのです。ジャッカルどもはヨーロッパからの人だとみると、あの鋏を持ち出してきて大仕事にさそうのですね。ヨーロッパ人でありさえすれば、天命をおびていると思っているのですね。愚にもつかぬ望みをもってましてね。馬鹿ですよ、手のつけられない馬鹿ですよ。だから可愛いのでありまして、われわれの飼犬なんです。あなた方のところの犬のようなものでしてね。ごらんなさい、昨夜、駱駝が一頭、死にましたので、ここへ運ばせました」

四人がかりで運んできて、すぐ足元にドンと投げ出した。とたんにジャッカルが声をあげた。一匹ずつ、綱でもって引きずられでもするように、地面に這いつくばって、じりじりと近づいてくる。アラビア人を忘れ、憎しみを忘れ、ただただ目の前の屍体に魅惑されて、その首たまにワッと跳びつき、動脈に食らいついた。大火事の中でやみくもに上下している小さなポンプのように、ありとあらゆる筋肉がせわしなく蠕動《ぜんどう》していた。一匹のこらず山をなして屍体に齧りついていた。

このとき隊長が音をたてて鞭を振るった。ジャッカルは頭を上げた。うっとりとうつけた顔でアラビア人を見た。鼻づらに鞭を食らって、ようやく跳びすさった。あたり一面、血だまりができて、湯気が立ちのぼっていた。屍体はあちこちで鋭く嚙み裂かれていた。ジャッカルたちはやがて堪らず、またもやじりじりと這い寄ってくる。隊長が鞭を振り上げた。わたしはその腕をおさえた。

「ええ、わかりました」

と、彼は言った。

「やつらの天職にまかせておきましょう。そろそろ出発の時刻です。とくとごらんになったでしょう、まったくのところ、ステキな獣《けもの》だと思いませんか？　それにしても、やつらときたら、なんとわたしたちを憎んでいることでしょう！」

鉱山の来客

本日、上級技師たちが、われわれのいる地の底へ降りてきた。新しい坑道を開けといったお達しが本部から出たのではあるまいか。それで予備調査のために技師たちがやってきたのだ。みんな、なんと若くて、それでいてすでに、なんとめいめいがちがっていることだろう！それぞれが気ままに大きくなって、若年にしてすでに自分の実質というものを、誰はばかることなくはっきりと見せている。

一人は髪が黒く、元気一杯で、いたるところに目をやっていた。

二人目はメモ帳をもち、歩きながら、メモをとっていた。見つめたり、あれこれ比較したりして書きつける。

三人目は両手を上衣のポケットに入れ、全身を突っぱらかして歩いていた。たしかに威厳を示していたが、ただのべつ唇を嚙みしめており、そこに心ならずもおさえきれない若さが出ていた。

この三人目がたずねもしないのに、四人目が説明していた。三人目よりも小柄で、誘いかけるようにまといつき、たえず人差し指を突き出していて、まわりで目にするすべてにわたり、お定まりのご進講をしているように見えた。

五人目はたぶん、いちばんの上司と思うが、お伴を嫌って、ひとり先に立ったり、うしろについたりした。そのため全員がそれに歩調を合わせようとする。顔色が悪く、弱そうで、責任感のせいで目がひきつり、何度も考えこんで手を額にそえた。

六人目と七人目はやや腰をかがめて歩き、顔と顔、腕と腕をくっつけ合って、ひそひそと話していた。こんな鉱山ではなく、それも地の底の坑道でなければ、骨ばっていて、ひげがなく、大きな鼻の両名は、若い聖職者の卵とでも思うところだ。一方は猫がノドを鳴らすような声で笑い、もう一方も同じくにこやかに語りながら話をすすめ、空いたほうの手をしきりに動かしている。ともにさぞかし確固とした地位にあり、この若さにしていち早く鉱山に多大の寄与をしたに相違ない。だからこそ大切な視察にあって上司の目があるというのに、気ままに振舞い、目下の使命とかかわりのないことに打ち興じていられる。それとも、しきりに笑い声を立てたりして心ここにあらざるようだが、必要なことはきちんと見てとっているのだろうか？　こういったお偉がたは、うかつに判断できないものだ。

とはいえ、八人目がこの二人よりも、いや、ほかの誰よりも真剣に対処していることに疑問の余地はないのだった。すべてを確かめないではいられないらしく、たえずポケットから小さな金槌を取り出して、トントン叩いては、またしまいこむ。優雅ないでたちのまま、ときおり汚れをかまわずひざまずいて足元を叩き、つぎにはまた歩きながら両側の壁や頭上の天井を叩いていく。いちどは長々と横たわり、微動だにしなかった。こちらは即座に何があったのかと思ったが、細身のからだを少し折り曲げてはね起きた。そうやって調査してみたわけだ。自分たちの鉱山のことなら、われわれは石一つまでも知っているつもりだが、技師たちがこんなやり方でずっと調査しているについては、われわれのうかがい知れないしだいである。

九人目は乳母車のようなものを押していた。なかには測量機械がのせてあった。きわめて高価な機械であって、綿で丁寧につつんである。本来なら召使が押していくところだが、とてもまかせられないので技師の一人が押していくことになった。見たところ嬉々としてつとめていた。いちばん年少のようで、たぶん機械のことはすべてわかっているわけではないのだろうが、ついじっと見つめていたりするものだから、うっかりすると手押し車を壁にぶつけかねない。

　しかし、もう一人がそばについているので安心だった。こちらはあきらかに機械に精通しており、本来の管理者のようだった。ときおり手押し車を停止させないまま、部品を取り出して、じっくりとながめ、ネジを外してみたり、締めてみたりして、ゆさぶり、叩き、耳を押しつけて聴いたりして、最後には押し手が足をとめている間に、はなれたところからではほとんど目にとまらないほどの小さなものを、いともおごそかに取りつけた。その技師は少しばかり横柄だったが、すべて機械のせいである。ものも言わず指先だけで、機械の進む前方を空けておくよう、わきへ寄れと指図する。わきへ寄る場がまるでないところでもそうなのだ。

　この両名のうしろから、手もちぶさたな召使が歩いていた。技術者諸氏は教養がある人におなじみのとおり、高慢ちきなどは卒業ずみなのに対して、召使は逆にそれを入念に貯めこんだようで、片手は背中に添え、もう一方の手で金ボタンや、お仕着せの上等の服を撫でながら、われわれの挨拶に応答するか、あるいはわれわれが挨拶したにせよ、自分のいる高みからは、はっきり見てとれないかのように、右や左にうなずきかけていた。むろん、われわれは彼ごときに挨拶などしない。しかし、その姿を見ていると、鉱山本部の首脳部づきの召使というものが、得体の知れないものに思えてくるのだった。背中では笑っていたが、たとえ雷が鳴ろうとも、やっこさんは振り返りもしないはずで、それを思うと敬意を払わずにはいられないのである。

今日は仕事にならない。中断は作業にひびくのだ。こういう来客があると、労働意欲を根こそぎもっていかれる。試掘の坑道の暗闇へ全員が消えていくのを見送りたいのはやまやまだが、われわれの作業時間はまもなく終了するので、お歴々のおもどりを迎えることはないだろう。

隣り村

祖父は口癖のように言ったものだ。

「人生はたまげるほど短い。いま思い出しても、ほんのちっぽけなもので、たとえばの話、若者がひとっ走り、隣り村まで馬を走らせるとする。どうしてそんなことを思いつきなどできるのだ。心配でならないはずだ――偶然の事故は勘定に入れなくても――ふつうの、ことなく過ぎていく人生をそっくりあてようとも、とてもじゃないが行きつけない」

皇帝の使者

皇帝は――と、言い伝えは述べている――一介の市民、哀れな臣民、皇帝の光輝のなかではすべもなく逃れていくシミのような影、そんなおまえのところへ、死の床から一人の使いをつかわした。使者をベッドのそばにひざまずかせ、その耳に伝言をささやいた。それでも気がかりだったのだろう。あらためてわが耳に復唱させ、聞きとったのちコックリとうなずいた。そして居並ぶすべての面々の前で――壁はことごとく取り払われ、どこまでものびてひろがる回廊をうめつくして帝国のお歴々が死を見守っている――その前で使者を出発させた。使者は走り出た。頑健きわまる、疲れを知らぬ男である。たくましい腕を打ち振り、大いなる群れのなかに道をひらいていく。邪魔だてする者がいると胸を指した。そこには皇帝のしるしである太陽の紋章が輝いていた。身も軽々と使者は進んでいく。群衆はおびただしく、その住居は果てしない。広い野に出れば飛ぶがごとくで、おまえはまもなく、戸口をたたく高貴な音を聞くはずである。だが、そうはならない。使者はなんと空しくもがいていることだろう。王宮内奥の部屋でさえ、まだ抜けられない。決して抜け出ることはないだろう。もしかりに抜け出たとしても、それが何になるか。果てしのない階段を走り下らなくてはならない。たとえ下りおおせたとしても、それが何になるか。幾多の中庭を横切らなくてはならない。中庭の先には第二の王宮がとり巻いている。ふたたび階段があり、中庭がひろがる。それを通り過ぎると、さらにまた王宮がある。このようにして何千年かが過ぎていく。かりに彼が最後の城門から走り出たとしても――そんなことは決して、決してないであろうが――前方には大いなる帝都がひろがっている。世界の中心にして大いなる塵芥の都である。これを抜け出ることは決してない。しかもとっくに死者となった者の使いなのだ。しかし、おまえは窓辺にすわり、夕べがくると、その到来を夢見ている。

家父の気がかり

一説によるとオドラデクはスラヴ語だそうだ。言葉のかたちが証拠だという。別の説によるとドイツ語から派生したものであって、スラヴ語の影響を受けただけだという。どちらの説も頼りなさそうなのは、どちらが正しいというのでもないからだろう。だいいち、どちらの説に従っても意味がさっぱりわからない。

もしオドラデクなどがこの世にいなければ、誰もこんなことに頭を痛めたりしないはずだ。ちょっとみると平べたい星形の糸巻きのようなやつだ。実際、糸が巻きついているようである。もっとも、古い糸くずで、色も種類もちがうのを、めったやたらにつなぎ合わせたらしい。いま糸巻きといったが、ただの糸巻きではなく、星状のまん中から小さな棒が突き出ている。これと直角に棒がもう一本ついていて、オドラデクはこの棒と星形のとんがりの一つを二本足にして突っ立っている。

いまはこんな役立たずだが、もとは何かちゃんとした道具の体をなしていたと思いたくなるのだが、別にそうでもないらしい。少なくとも、これがそうだといった手がかりがない。以前は役に立ったらしい何かがとれて落ちたのでも、どこが壊れたのでもなさそうだ。いかにも全体は無意味だが、それはそれなりにまとまっている。とはいえ、はっきりと断言はできない。オドラデクときたら、おそろしくちょこまかしていて、どうにもならない。

屋根裏にいたかと思うと階段にいる。廊下にいたかと思うと玄関にいる。おりおり何か月も姿をみせない。よそに越していたくせに、そのうちきっと舞いもどってくる。ドアをあけると、階段の手すりによっかかっていたりする。そんなとき、声をかけてやりたくなる。むろん、むずかしいことを訊《き》いたりしない。——チビ助なのでついそうなるのだが——子供にいうように言ってしまう。

「なんて名前かね?」

「オドラデク」

「どこに住んでるの?」

「わからない」

そう言うと、オドラデクは笑う。肺のない人のような声で笑う。落葉がかさこそ鳴るような笑い声だ。たいてい、そんな笑いで会話は終わる。どうかすると、こんなやりとりすら始まらない。黙りこくったままのことがある。木のようにものを言わない。そういえば木で出来ているようにもみえる。

この先、いったい、どうなることやら？　かいのないことながら、わたしはついつい思案にふけるのだ。あやつは、はたして、死ぬことができるのだろうか？　死ぬものはみな、生きているあいだに目的をもち、だからこそあくせくして、いのちをすりへらす。オドラデクはそうではない。いつの日かわたしの孫子の代に、糸くずをひきずりながら階段をころげたりしているのではなかろうか？　誰の害になるわけでもなさそうだが、しかし、自分が死んだあともあいつが生きていると思うと、胸をしめつけられるここちがする。

十一人の息子

十一人の息子がいる。

長男は風采こそお粗末ながら、まじめだし頭もいい。とはいえ末の見込みがあるとも思えない。わが子であれば誰かれ問わず目をかけてやりたいところだが、それにしても大して買えない男である。とにかく単純すぎるのだ。目くばりも足りなければ、目はしもきかない。いつもこせこせと同じことばかり考えている。堂々巡りのしづめ、といってよかろう。

二番目は男前でスラリと背が高い。フェンシングの剣を取って身構えたときなど、つい見惚れてしまうほどだ。切れ者だし、そのうえ如才《じょさい》がない。あちこち廻って世の中をいろいろと見てきた。土地の者ですら、地元にいずっぱりの人間よりも、この次男とならば腹をわって話をしたくなる風である。見聞をつんだおかげというだけでなく、そもそも見聞とは無関係かもしれず、むしろこの次男のもって生まれた特性のせいかもしれない。こればかりは真似のきかないしろものであって、ちょうどおそろしく高度な高飛び込みを真似ようとするのに似ているだろう。ともかくも勇を振るって飛び込み台の端まではいくが、それでおしまい、ペタリと坐りこんで、べそをかくのが関の山――とはいえ（こんな息子をもって果報者といわれるだろうが）親子の仲がしっくりいかないのだ。次男の左目は右の目よりちょっと小さく、のべつ瞬《まばた》きをしている。むろん、とるに足らない欠点であって、おかげで顔つきがなおのこと精悍《せいかん》にみえ、近づきがたい威厳すらあって、いまさら片目の瞬きのことなど、あげつらう者などいないのだ。ただし、この自分、父親は除いての話。ともあれ気がかりなのは、ささやかな肉体上の欠点などではないのである。そんなことは言うまでもない。そうではなく精神のちょっとした不整合といったものだ。血の中にまぎれこんでいる毒素である。ある種の無能さ。ともあれ父親には、はっきりと素質のほどが見てとれるのだが、その素質の開花を妨げる無能さ。だからこそ自分の息子だとも言えるだろう。いま述べた欠点は、わが家の誰にも共通しているものであって、とりわけ二番目に目立っているだけなのである。

三男も負けず劣らず美男子だが、なんとも気にくわない美貌である。美しき歌手のかんばせといったところで、唇はほどよく反《そ》りを打ち、目は夢みるがごとく、顔は飾りひだでもあしらえば、もっとひきたつというもの、胸をこれ見よがしにせり出している。上げたり下げたり、両の手は落ち着きがない。足はからだを支えるなどと無縁のように取りすましている。ついでながら、当歌手は声量に不足する。ほんのしばらくなら保《も》ちもしよう。肥えた耳をも、そばだたせる。だが、その直後、息が切れる――こまかいところは目をつぶるとして、この三男を派手に売り出せないでもないのだが、わたしはむしろそっとしておきたいのである。当人もあまりその気がないらしい。自分の欠点を承知しているからというのではなく、要するに世間知らずのせいである。当今のような時代に合わない人間だとも思っているらしい。たしかにわが家の一員ながら、彼にとって永遠に失われた家系の一人でもあるようだ。しばしば不機嫌で、そんなときは何がどうあろうと、むっつりとふさぎこんでいる。

息子たちの中でも四男がもっともつき合いやすいと言えるだろう。時代の申し子というやつで、口にするところはごくおなじみのことばかり。みんなと同じ足場に立つものだから、ついうなずきかけたくなる。誰にもこんな風に気安く思われているせいだろう。立居振舞いが軽妙で、動きものびやか、こだわりなく意見をいう。意見の中には傾聴に値するものもないではないが、ともあれ、ないではないという程度であって、全体とすれば軽薄すぎて話にならない。いわばあきれるばかりに身軽であって、ツバメさながら空中を飛ぶが、ただそれだけ、つまりは埃と同然であって、なんてこともないのである。そう思うと四男を目にするたびに不快でならない。

五番目は可愛い。いい息子だ。これほどになるとはついぞ思わなかった。冴《さ》えない子で、そばにいてもまるでいるような気がしなかったものだが、このごろは一目置かざるを得ないのだ。どうしてそうなったのかときかれても答えようがない。この世の荒波を手もなくくぐり抜けるのは、いぜんとして汚れのない心であるらしく、まさしく五男坊がそうである。少々汚れがなさすぎるかもしれない。誰にも親切だが、少しばかり親切すぎる。正直なところ、この息子がお誉《ほ》めにあずかるたびに気分がよろしくない。あきらかに賞讃に価する人間をこぞって誉めるなんて、賞讃の大安売りというものではなかろうか。

六男はどうか。少なくとも一見のところでは、兄弟中でもっとも陰気な男である。ところが意気消沈していたかとおもうと、やにわにとめどなくしゃべりだす。なんとも厄介な人物であり、風向きが悪くなると、悲哀の砦に閉じこもる。そのくせ風向きが変わると、しゃべりまくって嵩《かさ》にかかる。それはともかく、この息子には一種忘我の情熱といったものがあることは否定できない。まっ昼間にも夢みるようにして考えに沈んでいる。どこが悪いわけでもないのに——それどころか頑健そのものと言っていい——ときおり、ひょろついたりする。とりわけ薄暗がりでよろめく。だが、手をかしてやる必要はない。倒れはしないのだ。

たぶんからだの発育のせいだろう。齢のわりに背が高すぎる。そのため、手や足といった個々の部分は驚くほど美しいが、からだ全体は醜悪である。そういえば額もそうだ。肌にしろ骨にしろ、妙に縮かんだ工合で見栄えがしない。

おそらく七番目の息子が兄弟のなかで、とりわけわたしに近いだろう。世間でちゃんと認めてもらえない。洒落っけが独得で、到底わかってもらえないのだ。といって過大評価しているつもりはない。大したやつでないことは承知しているのだ。世間さまに見る目がないといったところで世間さまが悪いというのでもない。ともかく家族のなかで、ぜひともこの息子がいなくてはならないのである。不安の種をまいたりするが、習わしを尊ぶことを教えてくれるのもこの息子であって、察するところ七番目には、この二つが分かちがたく結びついているらしい。だからといって当人自身はどうするすべもないのである。未来の車輪を動かしたりはしないだろうが、何はともあれ資質はよろこばしいかぎりだし、希望も持てる。いずれ自分も子供をこしらえ、孫子の代へと引き継いでくれるといいのだが、残念ながら甲斐《かい》のない願いというものらしい。他人の目にはどうあれ、父親の私にはわからないではないにせよ、なんとも不都合な自足ぶりで、気ままにほっつき歩いており、女には目もくれない。それでいて、いつも上機嫌ときている。

八男は頭痛の種だ。といって、なぜそんなことになったのか自分でもわからない。彼がわたしを見る目つきときたら、冷やかな他人の目であるというのに、当方は父親としてのつながりをひしひしと感じるのである。幸いにも時が多くを解決してくれた。昔はこの息子のことを思っただけで背筋に悪寒が走ったものだ。彼はわが道を往く。父親とのつながりは、きれいさっぱり縁切りにしてしまった。頑固な頭と敏捷《びんしょう》なからだでもって——少年のころは脚が弱かったが、その点でも長足の進歩をしただろう——勝手気ままにのし歩いている。おりおり手元に呼び寄せて、暮らし向きはどうなのか、どうして父親にこうも頑《かたく》ななのか、本当のところ何をしたいのか、などとたずねてみたいと思ったことがある。だが、もう手遅れである。ずいぶん時がたってしまった。このままでよしとせねばなるまい。風のたよりでは息子のなかでも唯一の例外として、ひげをはやしているらしい。並外れた小男なのだ。とてもじゃないが似合うまい。

九番目はことのほか洒落者で、女性攻略にはうってつけの甘い目つきをしている。なんともかとも甘ったるい目つきで、どうかすると父親のわたしですら、どうにかなりそうな気がするほどだ。しかしながら、水を含んだ海綿でひとこすりすれば、あえかな輝きもたちどころに消え失せるというものだろう。この若者のなかんずく変わったところは、女性攻略なんぞにさらさら関心がないことである。ソファーに寝そべったまま天井をながめているか、あるいは目をつむっているかさえしていられれば、大満足のはずである。そんなお気に入りの格好でいるときは、けっこう話し好きで、話すことも悪くない。話しっぷりも要領がいいし、具体的でわかりいい。ただ話題が限られているのが玉に瑕《きず》というもので、案の定《じょう》、ほかの話となると、とたんに中身が稀薄になる。切りあげどきを目くばせするのだが、トロンとした半眠りの眼差しでは気づきそうにもないのである。

十番目の息子は、まっとうな人間とみなされていないのだ。わたしは、それをまちがいだと言うつもりはないし、かといって改めて認めたいとも思わない。とにかく年と不釣合いのもったいぶったいで立ちをしている。きちんとボタンをかけたフロックを着こみ、頭にはきれいにみがきあげた帽子をのせている。表情一つ変えず、こころもち顎を突き出し、瞼をボッテリと目に垂らして、おりおり指を二本、口元に添え——こんな姿を見たら誰だって、名うての食わせ者と思うことだろう。だが、せめて一度、当人の話を聞いてやっていただきたい！　分別があり、思慮深く、簡にして要をこころえ、相手の問いには手っとり早く毒舌をまじえて答えを返すのである。この世のすみずみまで心得ていて、何から何までお見通しといった自信ぶりは相当なもので、だからこそスックと首をのばし、堂々と胸を張って闊歩《かっぽ》するわけだろう。みずからたのむところがあり、そんな自負心もあって、横柄な態度を毛嫌いしていた多くの人々を、やつときたら口先一つでねじ伏せた。この一方で、外見は大目にみるとしても口先こそうさん臭いと思い定めている人々がいる。この点、父親たるもの、判断は差し控えたいものながら、打ち明けていうと、後者の意見の方が前者よりも傾聴に値すると言わざるを得ないのだ。

さて末っ子の十一番目だが、上品にできており、息子どものなかで一番虚弱そうにみえる。だが、その弱々しげなところがくせものであって、ときにはドッと打って出て毅然《きぜん》たるものである。とはいえそんなときでも、弱々しさを足場にしている。恥ずかしい虚弱さではなくて、人の世のこの地上だからこそ弱々しいなどと分類されるだけのものなのだ。飛び立つ寸前の鳥はどうだ。落ち着かず、そわそわと羽ばたく姿は弱さそのものではあるまいか。わが息子はまさしくその種の特性を身におびている。父親にとって、うれしい特性であるわけがないだろう。あきらかに家庭の破壊を招きかねないのだ。ときおり、じっとわたしを見つめていることがある。

「父さんもいっしょにつれていきますよ」

そんな風に言いたげだ。父親たるもの、こう考える。

「おまえなんぞ、あてになるものかね」

するとやつの目は言いたげである。

「もうそろそろ、あてにしてもらっていいですとも」

以上が、わが家の十一人の息子である。

兄弟殺し

殺人は以下のように行なわれた。委細立証ずみである。

下手人シュマールは夜九時ごろ、通りの角で見張っていた。明るい月が出ていた。被害者ヴェーゼは事務所のある通りから、わが家のある通りへ曲がる際にこの角を通る。

冷たい夜風が吹いていた。シュマールは薄い青の上衣を身につけているだけ、しかもボタンをかけていない。だが寒さを感じなかった。たえず動いていた。銃剣とも包丁ともつかぬ殺しの道具を抜き身のまましっかり握っていた。それを月光にかざしてみた。刃がキラリと光った。シュマールには満足がいかないらしく、足元のレンガに切りつけた。火花が散った。しまったと思ったらしい。片足立ちして、ヴァイオリンの弦にあてがうぐあいに靴底で研ぎはじめた。刃物の音が運命の横丁に流れていく。

年金生活者のパラスがすぐ近くの三階の窓から眺めていた。どうして平気でいられるのだろう？　人間の本性は不可解きわまる！　大きなからだにガウンをまとい、襟を立て、首を振りながら、パラスは下を見つめている。

筋向かいの五軒先がヴェーゼの住居だ。ヴェーゼ夫人は夜着の上に狐の毛皮をはおって、夫の帰宅を待っている。ふだんよりも今夜は一段と帰りが遅い。

やっとヴェーゼの事務所の鈴が鳴った。戸口の鈴にしては、やけに音が大きい。町中にひびく。天にも届きかねない。夜おそくまで働き者のヴェーゼが出てくる。こちらの通りからはまだ姿が見えない。鈴の音からわかるばかりだ。つづいて舗石にゆっくりとした足音がする。

パラスが身をのり出した。彼は何一つ見逃さないだろう。ヴェーゼ夫人は鈴の音にひと安心して窓を閉める。シュマールは膝をついた。さしあたりは上衣をひっかけているので顔と両手を舗石におしつける。すべてが凍っていてもシュマールひとり燃えている。

通りが合わさる手前の一点でヴェーゼが足をとめた。ステッキによりかかり、つぎの通りに身をのり出すようにして立っている。気まぐれをおこしたままでだ。深い藍色の夜空と黄金の星にさそわれた。何も知らずに空を見上げ、帽子をもちあげて髪を撫でた。天空は動いても、つぎなる未来を教えはしない。すべてが無意味な、計りがたい場にとどまって、こともなげにヴェーゼは歩をすすめる。おのずとシュマールの刃のほうへ近づいていく。

「ヴェーゼ！」

シュマールが叫ぶ。つま先立ちして腕を突き出し、力まかせに凶器を振り下ろした。

「どうだ、これでユリアは待ちぼうけよ！」

首筋の右に一刺し、左に一刺し、ついで深々と腹を刺す。野ネズミを仕とめたときと同じような声をたててヴェーゼが倒れる。

「やっつけた」

シュマールはそういうと、血だらけの凶器を前の戸口に放り投げる。

「殺すのはすてきだ！　他人の血が流れると気が安らぐ。空を飛ぶここちがする。ヴェーゼよ、夜遊び仲間の相棒、ビール友達よ、おまえはいま暗い地面に血を吸わしている。同じことなら血のつまった風船玉であればよかった。どっかとのっかれば、みるみるしぼんでいったただろう。すべてが思いどおりになるわけでなく、すべて花の夢が実をむすぶわけではない。おまえはここにゴロリところがって、踏んづけられても、どうにもならない。そんなに黙りこくって、何を問い返しているつもりだね？」

パラスが煮えくり返った形相で両開きの窓をはねあげた。

「シュマール！　シュマール！　全部この目で見ていたぞ、何一つとして見落とさなかった」

パラスとシュマールが、たがいをうかがうようにして見つめ合う。パラスはご満悦だが、シュマールには合点がゆかない。

ヴェーゼ夫人が左右に野次馬を従えて走ってくる。恐怖のあまり一度にすっかり老《ふ》けたぐあいだ。毛皮がひらいた。ヴェーゼの上に倒れこんだ。夜着につつまれた夫人のからだがヴェーゼと一つになり、その夫婦を、墓の上の芝生さながら毛皮がすっぽりと人々の目から覆いかくした。

警官がさっさと下手人を引っ立てていく。シュマールは最後の苦汁をようよう呑みこむと、その唇を警官の肩に押しつける。

夢

ヨーゼフ・Kは夢をみた。

天気がよかったので散歩しようと思った。そう思ってほんの二歩あるきだしたばかりだというのに、もう墓地に来ていた。いくつもの人工的な道が、歩きにくそうにくねくねとうねっている。そんな道の一つを彼は渓流下りでもするようにポッカリ浮かんで滑っていった。遠くに掘り返したばかりの墓が見えた。その墓のそばまで行ったら停止しようと思った。どうしてかその墓が気になってならない。なるたけ急いで行こうと思った。何本もの旗がとても勢いよくはためいていて、ときおり墓が見えなくなった。旗をもった人は見えなかったが、そこはたいそう賑わっているらしかった。

遠くばかり見ていて気づかなかったが、ふと目を落とすと同じ墓がすぐ道ばたにある。とみるまに横をかすめて背後に消えた。彼はいそいで草むらめがけて跳び下りた。足の下を道は猛然と滑っていった。Kはよろめいて墓の前でぺたりと膝をついた。二人の男がうしろに立っていて墓石をもち上げている。Kの姿を見たとたん、男たちは墓石をズブリと土に突き立てた。墓石は漆喰で固めたようにどっしりと立っている。このとき繁みから三人目の男が現われた。Kにはすぐにその男が芸術家だとわかった。ズボンとシャツ姿で、シャツのボタンをきっちりはめていない。ベレー帽をかぶり、ふつうの鉛筆を手にもっていた。こちらにむかって歩いてくる途中、その鉛筆で何やらいろいろ描いていた。

芸術家は鉛筆を墓石にあてがった。大きな墓石なので屈みこむまでもないのだが、しかしやはり前屈みになる必要があった。芸術家が盛り土の上にのぼろうとしないので墓とのあいだに間隔があったからだ。彼はつま先立ちして左手で石の表面を押さえている。実に見事に腕を振るって、ふつうの鉛筆で金文字を書いていく。

「ココニ眠ルハ――」

見事な文字だった。くっきりと彫りこまれ、燦然《さんぜん》と金色に輝いている。このとき芸術家がKの方を振り向いた。Kはつづきが知りたくて男など見ないで墓石ばかり見つめていた。その男はさらに書き入れようとしたが、どうもやりにくいらしかった。何か不都合なことが起こったようで、鉛筆をおくと、またもやKの方を振り向いた。このときようやくKはまじまじと芸術家を見た。あきらかに彼はとても困惑していた。その理由が言えないのだ。先ほどまでの元気さが嘘のようにしょげ返っている。それを見ていてKも困惑した。二人は困りはてて目と目を見合わせた。とてもいやな誤解があって、どちらも手をつかねているのだ。間《ま》の悪いことに、このとき墓地の礼拝堂の小さな鐘が鳴りだした。芸術家がのばした手を振ると鐘はやんだ。しばらくしてからまた鳴りだした。こんどは弱々しげで催促がましくなく急にとぎれたりもする。鳴りぐあいをためしているようなのだ。芸術家の立場を思うと切なくなって、Kはわっと泣きだした。長いこと手で顔を覆ってしゃくりあげていた。芸術家はKが泣きやむまで待っていた。それからほかに方法もないので書きつぐ決心をしたらしい。短い棒を引いたのでKはホッとした。芸術家はあきらかに気がすすまない様子だった。字の方も先ほどのようには美しくない。何よりも金が足りないようで、線が弱々しくてたよりない。ただ字体だけがばかでかいのだ。それは「J」の字で、書き終わろうとしたとたん、芸術家は腹立たしそうに片足でおもいきり盛り土を踏みつけた。パッとまわりの土が舞い上がった。ようやくKは了解した。謝る余裕など、もうないのだった。両手の指で土を掻いた。なんてことはない、すべてがとっくに準備されていたのである。ほんのお体裁に盛り土がしてあっただけなのだ。下にはすっきりとした壁をもつ大きな穴があった。Kはゆるやかな流れにゆられて、仰向けのままその穴に沈みこんだ。首はまだ起こしていたが、穴にぐんぐん引きこまれていく間に、堂々とした飾り書体で墓石にKの名前が完成した。

うっとりと眺めていると、目が覚めた。

ある学会報告

学会の諸先生方！

かたじけなくも、猿であったころの前身につき当学会で報告せよとの要請をいただきまして、いまここにまかり出た次第であります。

とはいえ残念ながら、あまりご期待に添えないでありましょう。猿の生活と縁を切って五年ちかくになるのです。カレンダーでいえばわずか五年でありますが、この身で駆け抜けなくてはならなかった目まぐるしい変転の点から申しますと、無限に永い時間でした。その間、ときには立派な人と出くわし、よき忠告を受け、拍手や、にぎやかな音楽に迎えられはしましたが、しかしながら、つまるところは一人っきりだったのです。というのは助言などと申すものは、いうなれば対岸の火事といったところのものであるのですから。もしわたしが、かたくなに自分の生まれや育ちや青春の思い出にこだわっていたとしたら、猿から人間への転身など、とうてい不可能だったことでしょう。妄執はきれいさっぱり捨てること、それこそ自分に課した至上命令であったのです。とらわれのない猿といたしまして、わたしは敢然として、重荷をわが身に担いました。すると記憶の方も、みるまにしぼんでいきました。とまれ最初のころ、猿にもどる道は、仮に申すなら天地のひらきほど広大にひらけていたのでありますみずからを鞭打ち、たゆみない努力を重ねるにしたがい、天地のはざまが狭まって、わたしにはますますこの人間世界が快適かつ安全に思えてきたのです。過去より吹ききたる強風は大幅になごみまして、いまでは踵をひんやりとさせる程度の夜風にすぎません。その風の風穴であり、かつまたかつてくぐってきた通り穴でもあるところは、ほんに小さな穴となりはて、たとえ勇を鼓《こ》して駆けもどりくぐり抜けようとしましても、皮をひんむかれるのが関の山なのであります。率直に申すとしましょう。この種のことには言い方に慎重でなくてはなりますまいが、敢えて率直に申します。皆さま諸先生方も、元はといえば猿としての前身をお持ちであって、過去とのへだたりの点におきましては、このわたしとチョボチョボのところなのです。この地上を歩くとき、踵がかゆい気がするものですが、小はチンパンジーから大は英雄アキレスにいたるまで、この点にかわりはないのであります。

テーマを大幅に限るならば、もしかすると先生方のおたずねにお答えできるかもしれません。それは実にわたしの欣快《きんかい》とするところであります。まず最初に何を学んだかと申しますと、握手を学びました。握手とは含むところがないことのあらわれ。とすれば自分の生涯の絶頂をきわめた自分といたしますれば、あの最初の握手に腹蔵のないところを申し述べてもよかろうかと思います。それは当学会にとりましては、とりたてて新しいことはもたらさず、むしろ大いにご期待を裏切るものかもしれませんが、やむを得ません。どんなに踏んばってみても話せないものは話せないのです――ともあれ、かつての猿が人間世界に入りこみ、そこに場を占めるまでのおおよその道筋はお伝えできると思います。ささやかながら以下ここにお話しできるというのも、いまこのわたしがゆるぎのない自信にあふれ、文明社会にあって世に聞こえた演芸館の舞台におきまして、確固とした地位を築くに至ったからであります。

わたしはアフリカの黄金海岸に生まれました。どのようにして捕獲されたかについては、すでに幾多の報告をお聞き及びでありましょう。ハーゲンベック商会の猛獣狩りに引っかかったのです――ついでながら、いまでは、そのときの隊長と昵懇《じっこん》の間柄でありまして、おりおり赤ワインなどをくみ交わしておるのですね――ある夕方、仲間といっしょに水飲み場に向かっていたときのことですが、狩りの連中が岸辺の繁みで待伏せしていたのです。一斉に発砲しました。命中したのはわたしだけ、二発くらいました。頬ぺたに一発、これはかすったという程度ながら、剃刀《かみそり》でつるりと剃ったような赤い傷痕が残りました。おかげで「赤っ面《つら》のペーター」などと呼ばれるようになったのですが、なんていやな名前でしょう、まるきり見当外れであって、いたずら好きのエテ公あたりが思いつきそうな呼び名ではありませんか。曲芸のできる猿で、つい先だってくたばったばかりのペーターってやつを、お見知りおかれる先生がいらっしゃるかもしれませんが、これではまるっきり、そいつとわたしの違いといえば、赤っ面の点だけといわんばかりじゃありませんか。おっと、話が脇にそれました。

もう一発は腰の下に当たりました。こちらはかなりの重傷で、いまでも少し足をひきずるのは、この傷のせいなんです。そういえば、いま思い出しました。この世にごまんといるやくざな男が、したり顔してわたしのことを新聞に書いていましたっけ。猿の本性がまだまだ消え失せていないとやら言いたてて、その証拠に客がくると、いそいそとズボンをずり下げて弾の痕を見せたがる、というのです。いけしゃあしゃあとこんなことを書く野郎の指を、ねじり取ってやりたいものではありませんか。このわたしは天下晴れて、いつなんどきでもズボンをずらしていいのです。お見せできるのは、手入れのいい毛並みと傷痕だけでありまして——場合が場合ですから敢えて申します、お気を悪くなさらぬように願いますよ——つまりはあの不埒《ふらち》な人間どもの銃弾の痕でありましてね。すべては明々白々たる事実であって、何一つとして隠すまでもないことです。いかなる優雅な作法といえども、真実がかかわるとなれば、断固として捨てますね。心ひろやかな者は、そういたしますですよ。これに対して新聞によからぬことを書き立てたやっこさんの場合、客がきてズボンをずらしたらどうでしょう。そうならないことこそ理性の証しというものじゃありませんか。何はともあれ、やくたいもない言いがかりはやめていただきたいものであります！

弾をくらって気を失いました。やがて気がつくと――このあたりから徐々に記憶がしっかりしてくるのですが――ハーゲンベック商会の船内でありまして、中甲板の檻に入れられていたのです。四方に格子のついた檻ではなく、木の箱の三方に格子がついていて、木箱が四番目の壁にあたるのです。天井が低くて立つことができません。横幅が狭くて、ろくに寝そべれない。私はワナワナとふるえる膝をかかえて、丸くなってしゃがんでいました。はじめのうちは誰の顔も見たくなく、また暗いところにいたかったせいもあって、お尻に格子を食いこませたまま、ずっと木箱の方を向いていましたね。捕獲した獣《けもの》を最初のあいだ入れておくのに、このような檻が最善だと言われているようですが、人間の側からみて、たしかにそうだと思います。いまの私は自分の体験にかんがみて、なるほどと認めざるを得ないのです。

しかし、あのときはそうは思いませんでしたとも。わたしは生まれて初めて、出口なしの状況に陥ったわけです。少なくともまっすぐ前は抜けられない。まっすぐ前は木箱であって、がっしりとした板が立ちふさがっているのです。たしかに板と板との間に、一筋の隙間がありました。その隙間に気がついたとき、あさはかにも、わたしはよろこびの声をあげたものでした。でもその隙間ときたら尻尾をさしこむこともできず、押しても突いてもビクともしないのです。

あとで聞いたところですが、わたしは並外れておとなしかったそうでしてね。だから早々に死んでしまうか、あるいは最初のむずかしい時期を生きのびれば、ずいぶんと見込みがあると思われたらしいのです。そしてわたしは生きのびました。こっそりすすり泣いたり、しおしおと蚤をとったり、椰子《やし》の実をぼんやりと舐めていたり、木箱に頭を打ちつけたり、前を通る人に舌を出したり――つまりは以上が新しい生活を始めるにあたって手はじめにしたことのあらましです。その間にもたえず出口なしという意識が頭を去りませんでした。あのころ猿の身で感じたことを、いま人間のことばでなぞって言わなくてはならないのですから、言いそこないもあると思います。そのかみの猿の真実を正確にとらえていないとしても、少なくとも言葉のはしばしに真実が宿っているはずでありまして、この点、蛇足ながら、ひとこと注意を喚起しておきたいのです。

出口などはこれまでいくらもあったというのに、いまや一つとして見つからない、まるっきり身動きがならないのです。あのとき、あのまま釘づけにされていたとしても、何の変わりもなかったでしょう。どうしたのだ！　足の指のあいだのふっくらした部分をつまんでみても、さっぱりわけがわかりません。身体が二つに裂けるほど尻っぺたを格子に押しつけてみても、やっぱり少しもわからない。出口なし、さりながら出口を見つけなくてはならず、出口なしでは生きられない――このまま木箱の壁にへばりついているならば、遅かれ早かれ、くたばるしかないことはあきらかです。それにハーゲンベックのところでは、猿の居場所は木箱のそばと相場が決まっている――ならば、よろしい、猿であるのをやめようじゃないか。この上なく明晰で、見事な思考のプロセスではありませんか。お腹《なか》で考えだしたところなんです。猿はお腹で考えるのです。

ところで出口とは何か、先生方には正確に理解されているでしょうか。わたしは少々の懸念を抱かざるを得ないのです。ごく通常の、いたって普通の意味合いで用いているのでありまして、敢えて自由とは申したくない。あらゆる方向にひらいた、大いなる自由のことを申しているのではないのです。これは猿のころから知っていましたし、この種の自由に恋いこがれているお方とも知り合いました。わたくし個人といたしましては、昔も今も自由など望みません。ついでにひとこと申しておきましょう。人間はあまりにしばしば自由に幻惑されてはいないでしょうか。自由をめぐる幻想があるからには、幻想に対する錯覚もまたおびただしい。演芸館でのわたしの出番に先だって、空中ブランコの二人組が天井高くで空中ブランコをしておりましてね。ひらりとブランコにとびのって、大きくこいでから跳びうつる。二人でぶら下げっこをしたり、一人がもう一人の髪を口にくわえてたりしておりましてね。

「これだって人間の自由ってやつだ」

わたしは思ったのです。

「いい気なもんだ」

自然な本性を、からかっているだけではありませんか。猿の仲間があれを見たら、腹をかかえて大笑いするにちがいありません。

自由などほしくありません。出口さえあればいいのです。右であれ左であれ、どこに向けてであれですね、ただこれ一つを願いました。それが錯覚であろうともかまわない、要求がささやかならば錯覚もまたささやかなものであるはずです。どこかへ、どこかへ出て行く！木箱の壁に押しつけられて、ひたすら膝をかかえているなど、まっぴらだ。

いまではよくわかっています。あの状態を脱することができたのは、心の安らぎがあってのことなのです。実際のところ、わたしが今日このようにしてあること自体、船上での何日かがすぎてからこの身を見舞った安らぎのおかげであると申せるのです。では、その安らぎは誰のせいか。船で出会った人々のおかげなのです。

何はともあれ、よい人々でした。いまなおわたしは懐かしく、あの人々の足音を思い出したりするのです。うつらうつらしていたわたしの耳に重々しくひびいてきたものでした。いったいにその人々ときたら、何をするにも悠長この上ないのでありまして、たとえば目をこするとします、まるで錘《おもり》みたいにのろのろと手を持ち上げる。あけすけな冗談を口にしますが人間味がありました。笑うとき、ものすごく咳きこんだりしましてね。だからって別にどうってこともないのです。いつも口に何かたまっているらしく、どこでも所かまわずつばを吐いていました。わたしから蚤をうつされて大弱りだとこぼしていました。でも本気で怒ったりはしません。猿には蚤がつきものだし、蚤は跳びうつりたがるってことを知っていたからです。そんなものだと思っていたのです。非番のときなど、わたしを半円形にとり巻いて坐っていましてね。何を話すでもない。ときたま変てこな声を出すだけ。あるいは木箱の上に長々と寝そべってパイプを吹かしていました。わたしがほんのちょっぴりでも身動きすると、ポンと膝を叩いたりしましたね。ときには杖を持ち出してきて、ちょうどこちらに気持のいいところをくすぐってくれました。あの船旅をもう一度とさそわれたら、いまのわたしはむろん断わります。しかし、あの中甲板にまつわる思い出が、必ずしも不愉快なことばかりでなかったことは、はっきり断言できるのであります。

このような人々のおかげで安らぎが得られ、その安らぎのおかげで逃げ出そうなどと思わなかったのです。いま改めて思い返しますと、おぼろげながらにせよ感じていたらしいのですね、生きていたければ出口を見つけなくてはならず、その出口は逃亡によってはひらけない。逃げ出すことが出来たかどうか、いまとなってはわかりません。しかし、猿の辞典に不可能ということばはないのであります。たとえば只今のわたしは、ごく並みのクルミの実を嚙《か》み割るのでもひと苦労ですが、あのころはそうではなかったのです。時間さえかければ檻の錠前だって嚙み切っていたでしょう。しかしそんなことをしても、いったい何になるというのです？　外に出たとたんにまたもやとっつかまって、もっと始末の悪い檻に入れられる。なんとか抜け出して別の檻に身を隠したとします。真向かいは大蛇の檻、ニョロニョロと抱きすくめられて息が絶えるのがオチというものです。首尾よく甲板に忍び出て、ザンブと海にとびこんでも、ほんのしばらく波間にただよっているだけで、いずれ海の藻屑《もくず》と消えはてるしかないのです。ばかな話ではありませんか。まあ、ざっとそんな風に、あれこれ人間並みの胸算用をしたというのではないのですが、やはり人間の感化を受けていたのでしょう。まるで胸算用をした風にはみえたでしょうね。

その点はともかくとして、観察はしましたね。じっくりとやりましたね。人間があちこち歩くのを眺めていました。いつも同じ顔で、同じ動作をしているではありませんか。まるきり一人の人間としか思えませんでした。つまるところ、この人間、もしくはこれらの人間は勝手気ままに動いている。ある一つの目標が、まばゆく胸にともったぐあいでありましたね。といって、人間とひとしくなれば檻の格子戸を引き上げてやると、誰かが約束してくれたわけでもないのです。とても出来そうにないことを、どこの誰が約束したりするでしょう。しかしながら、およそ出来そうにないことをやってのけたら、さき立ってはとてもあり得なかったたぐいの約束が、あと追いの形で追いかけてくるものです。人間それ自体に惹かれたわけではないのですよ。さきほど述べた自由の信者なら、どんより曇った人間の目にうかがえるような出口よりも、はてしない大海原の方を選びとるでしょうね。こんなことを考えながら、わたしはじっと観察していたのです。しこたま観察をためこんだとき、おのずから行為の方向が定まったと申せましょう。

人間をまねるなど簡単でした。つばの吐き方を会得するのに、初めの数日で十分でした。わたしたちはおたがいに、つばのとばしっこをしたものです。両者のちがいといえば、あとでわたしは顔を舐めてきよめたのに、人間はそれをしないということぐらいでした。パイプなら、しばらくの間に長老のように口にくわえてみせました。パイプを握って先っぽに親指をあてがってみせると、中甲板がワッとわき立ちましたっけ。ただひとつ、パイプが空《から》なのか詰まっているのか、それを見分けるのには難儀しました。

いちばん手を焼いたのは火酒ってやつでした。まず臭いがたまらない。我慢に我慢をかさねているうちに何週間かして、どうにかできるようになったのですが、その間の苦しみようを、人々は妙なことに、ほかの何にもまして重大なことと考えていましたね。いまとなってはそれが誰だったのか識別がつかないので、ある人としておきましょう。ある男です。のべつわたしのところにやって来ました。一人のこともあれば仲間といっしょのこともありで、昼間のこともあれば夜のこともある。時間にみさかいなしでした。酒瓶を手に腰をおろして、教えてやろうというのです。きっとわたしがわからなかったのでしょう。わたしの謎を解きたかったのでしょう。ゆっくりとコルクの栓を抜きました。相手が理解しているかどうか、探るように見ていましたね。正直な話、わたしはいつも燃えるように目を輝かせて見つめていました。世界中のどこをさがしても、こんなに熱のこもった授業風景はなかったと思いますよ。コルクの栓を抜きとってから、もち上げて口にあてる。わき目もふらず喉もとを見つめていました。男は大きくうなずいてから、やおら呑《の》み口を唇にそえる。わたしは順ぐりに、ことの成り行きがのみこめるのでうれしくてたまらず、金切声をあげながら、ところかまわず自分の身体をかきむしらないではいられませんでした。男は大満足のていで瓶を口にくわえ、ゴクリとひと飲みします。わたしといえば、もはや我慢がならなかった、いてもたってもいられない。それでつい、檻の中でお洩らしをしてしまうのです。相手の男にはそれがまた、ことのほかうれしいらしいのです。酒瓶を両手にかかえて、ゆったり持ち上げて口にあてがい、大仰にのけぞりながらひと息に飲みほすのです。わたしは眺めているだけで精も根もつきはて、格子にすがりついたままへたりこんでいたものです。これにて講義は終了というわけで、その男は腹を撫《な》でまわしながらニヤリと笑います。

このあとようやく実地の演習となるのです。講義ですでに疲れはててはいなかったでしょうか？　そのとおり、疲労困憊していました。いつもそうでした。しかし瓶が差し出されると、いとも上手につかんでみせましたとも。全身をわななかせながらコルクを抜く。次第に力がよみがえってくるのを感じました。おそわったそのままの手つきで酒瓶をもち上げ、口にあてがい――でも、投げ出しました。酒瓶は空っぽながら、どうにもその臭いがたまらない。鼻をそむけて、床にたたきつけてやりました。先生役の男は悲しみましたね。それ以上にわたしの方が悲しかった。瓶を投げ捨てたあと、腹を撫でまわしながらニヤリと笑ってみましたが、相手もわたしもさっぱり気持が晴れませんでした。

たいてい、こんなありさまでした。ともあれ、わが師であった人のために弁じておきましょう。師は決して腹を立てたりしませんでした。たしかにときおり、火のついたパイプをわたしの身体の手のとどかないあたりにあてがって、毛皮がくすぶりだすまで押しつけておりました。でもそのあと、自分から大きな手で消してくれました。腹立ちのあまりではありますまい。自分たちがともども猿の本性と戦っており、とりわけわたしの方が難敵を相手にしていることを、師は見抜いておられたのです。

だからこそあの日のことは輝かしい勝利というものでした。ある夕方、大勢の見物人のまん前で――何かお祝いごとがあったのだと思います。蓄音器が鳴り、高級船員が立ちまじっていましたから――その夕方のことですが、檻のそばに置き忘れの火酒の瓶を、わたしはそっとつかみ取ったのです。とたんに好奇の目がそそがれました。その中でおそわったとおりにコルクの栓を抜き、口にあてがい、何から何まで呑ん兵衛そのまま――つまり、唇は呑み口にあてたっきり目だけ忙しく動かして喉をヒクヒクと上下させ、一気呵成に飲みほしてしまったのです。つづいて瓶を放り投げました。これまでのようにやけくそのあげくではなく、いとも優雅な呑み助の手つきでしたね。腹を撫でるのをすっかり忘れていましたが、その代わり、やむにやまれず、心の勢いのおもむくままに、思わずこう叫んだのです。

「よう、兄弟《きょうでぇ》！」

人間の声でした。

「やっ、こいつ、しゃべるじゃないか！」

直ちに声が返ってきました。それは汗まみれの身体中に降ってきた無数のキスのようでした。

かさねて申すようですが、とりたてて人間の真似がしたかったわけではないのです。出口を求めて、それで真似たまで、ほかに理由はありません。いま述べた勝利にしても大したことではなかったのです。それが証拠にひとこと口にしたっきり、あとはウンともスンとも言えずじまいでした。わたしが再び声を見出したのは何か月もたってのことなのです。火酒の瓶への嫌悪感は、ますます強くなりましたね。ともあれ自分の進むべき道が確固として定まりました。

ハンブルクで最初の調教師にあずけられたとき、自分には二つの道があることを知りました。動物園へ行くか、それとも演芸館の舞台でお目見えするか。わたしは即座に演芸館めざして全力をつくすべく自分に固く言いきかせました。動物園はもう一つの檻にすぎず、そこに入れば、お先まっ暗というものです。

学会の諸先生方、わたしは一心不乱に学びました。まったくのところ、学ばざるを得なかったからです。出口を求めるならば必死になって学ぶものです。しゃにむに学ぶのです。鞭が控えていましたし、ちょっとでも反抗すれば八つ裂きにされかねなかったのです。猿の本性が、こけつまろびつわたしの中から逃げ出していったのですが、その代償とでもいうのでしょうか。わたしの師匠が猿狂《ぐる》いに陥って、授業もできず、さる病院に入れられてしまいました。幸いにも、まもなく退院なさったそうであります。

いずれにしてもいろんな先生方の手塩にかけていただきました。一度に何人もの先生についていたこともあります。自分で自分の能力を確信しだしたころのこと、世間はわたしの進歩に目を丸くしており、未来が洋々とひらけはじめた頃合いでしたが、自前で師匠を雇いましたね。五人の師匠がそれぞれ五つの部屋に待機している。わたしは部屋から部屋を跳びまわって、目のまわるような授業を受けたものです。

めざましい進歩でした！　ひとたび目覚めた頭脳めがけて、四方八方から知恵の光が射しこんだのです。うれしかった。それは否定しません。しかし、だからといって大仰に考えたりもしませんでした。あのときもそうだし、現在もそうです。前代未聞の努力によって、わたしはヨーロッパの人間の平均的教養を身につけたわけですが、なるほど、それ自体は大したことではありますまい。しかし檻を出ることに対しては何ほどかのものであり、特別の出口ですね、人間への出口をもたらすということにおいては、それなりに意味のあることであったのです。ドイツ語には「姿をくらます」といった意味の好都合な言い廻しがあるようですから、ひとつそれを拝借しましょう。「繁みに分け入る」、つまりわたしは人間の繁みに分け入ったのです。ほかに道がなかったからでありましてね。とまれ、まあ、自由を選ぶのは論外ということを前提としての話ではありますが。

これまでの経過、並びに到達点を勘案いたしますと、べつに不足はありません。かといって満足もしていないのです。両手をズボンのポケットに入れ、テーブルにはワインの瓶を用意して、寝そべるでもなく坐るでもなく、わたしは揺り椅子に腰をのせて窓の外を見ています。客が来る。客あしらいはお手のもの、演芸館の主《あるじ》はつぎの間《ま》に控えております。鈴を鳴らせばすっとんで来て、何なりと用をしてくれます。ほとんど夜ごとに公演があり、連日連夜の大評判。祝宴や学術的会合やパーティに顔出しをして、夜おそくわが家にもどります。おりしもいま調教中の可愛いチンパンジー娘が迎えてくれます。わたしたちは猿の流儀でいつくしみ合いますね。だけど昼間は見たくもない。小娘の目つきが妖《あや》しいのです。調教途中の獣に特有のものでありまして、それがわかるのはわたしだけ、どうにも我慢がならないのです。

おしなべて申しますと、手に入れたかったものは手に入れたようであります。わざわざ苦労して手に入れるほどのことではないとおっしゃる向きもあろうかと思いますが、まあ、言いたい人には言わせておきましょう。それにわたくしは人間側からの批評など望んではいないのです。わたくしが望むのは知識をひろめること、これ一つ。だからこそ、ここに報告しているのであります。学会の諸先生方、だからこそまかり出て、以上のような報告をしたのであります。

断食芸人

四つの物語

最初の悩み

ある空中ブランコの芸人だが――ご承知のとおり、サーカスの円天井のはるかな高みで演じられる曲芸であって、人間のなし得る技《わざ》のなかでも、もっともむずかしい芸の一つと言っていい――その空中ブランコの芸人が、はじめは芸を磨きたい一心から、のちには抜きがたい習慣となったために、同じサーカスの一座にいるかぎり昼となく夜となくブランコの上にとどまったまま、ついぞ降りてこなくなってしまった。当人が日々必要とするのはいたってささやかなもので、従業員が代わるがわるすませてくれる。下で注意していて、用が生じると特製の容器で上げ下げするのだ。そんなわけで、とりたてて誰の迷惑になるわけでもない。ただほかの出し物の際、曲芸師が上にいると、たとえ身をすくめていても少しばかり邪魔になった。なるたけ目立たないようにしていても、観客の視線がついそちらに流れてしまったりするからだ。それでも大目に見られていた。なんといっても余人に替えがたい芸の持主だし、それに衆目の一致して認めるところだが、上に居ずっぱりなのは気まぐれからではなく、そうしないではいられないからであり、その結果ようやく芸の極意を保持することができたからである。

空中ブランコの上は健康にもいいのだった。季節がよくなって明かり取りの窓があけ放たれ、新鮮な空気とともにまばゆい陽光が暗い隅ずみに射しこむときなど、空中ブランコの上は天国とすらいえた。むろん、人とのつき合いは限られていて、ほんのときたま相棒の曲芸師が縄ばしごづたいにのぼってくるだけ。そんなとき両名はブランコにすわり、それぞれ左右の綱に寄りかかっておしゃべりしていた。円天井の修理にのぼってきた職人が開いた窓ごしに、ふたことみこと、言葉を交わしたことがある。消防夫が天井桟敷用の補助ランプの点検にきて、感嘆まじりにすっとん狂な声をかけたこともある。せいぜいその程度で、ほかには何もなかった。ほんのときたま、昼下がりのひとけのない舞台にフラリと従業員が入りこんで、目のとどくぎりぎりのところの高みを神妙な面もちで見上げていると、自分を見ている者がいるなどとはつゆ知らず、曲芸師は黙々とブランコの技をみがいていた。あるいは休んでいた。

そんなわけで心おきなく好きなように暮らせたはずだが、サーカスには旅まわりという定めがある。それは空中ブランコの芸人にとって、とりわけ煩わしいことだった。たしかに興行主は苦の種をやわらげるために特別の配慮をしてくれた。都会に乗りこむにあたっては夜中とか夜明け方を選び、ひとけのない通りをレース用の自動車で一気呵成に走りこむ。だが、それでも空中ブランコの曲芸師には、じりじりするほどのろいのである。汽車での移動に際しては車室一つを専用に借り切ってくれた。曲芸師は網棚で時をすごす。はなはだみすぼらしいシロモノではあれ、いつもの場所の代用というものだった。そして次の興行地では一行が到着するずっと前に、しかるべき場所に早々と空中ブランコが用意されていた。場内に通じる扉は大きくあけ放たれ、通路もきれいに掃ききよめられ——空中ブランコの曲芸師が縄ばしごに取りついて一直線にのぼりつめ、お定まりのブランコに腰を据えた瞬間、興行主には身ぶるいするほどの喜びがこみあげてくるのだった。

これまでは事もなくすごしてきたとはいえ、旅まわりのたびに興行主の胸は痛んだ。曲芸師の神経に何にもまして辛《つら》い試練というものだった。

そんな旅がまためぐってきた。曲芸師は網棚の上で横になって、ぼんやりしていた。興行主は真向かいの窓ぎわに寄りかかって本を読んでいた。このとき曲芸師が小声で話しかけてきた。興行主は耳をすました。曲芸師は唇を嚙みしめながら、こう言った。空中ブランコはこれまでのように一つではなく二つにしてもらいたい、向かい合ったブランコが是非とも二つなくてはならない。興行主はすぐさま了承した。一方、曲芸師は興行主の了承など問題ではなく、たとえ反対されようとも同じことだというふうに、今後は二度と、いかなることがあっても、一つだけのブランコでは曲芸をしないと言うのだった。そんなことは想像するだに、おぞけをふるうらしいのだ。興行主はチラチラ視線をやりながら、あらためて力をこめて賛成した。ブランコは一つよりも二つの方がいいに決まっている。いろいろ新奇の趣向があみ出せるというものだ。すると突然、曲芸師がワッと泣き出した。興行主はあわてて立ち上がり、一体どうしたのかとたずねたが返事がない。そこで座席にあがって、曲芸師の顔を撫《な》でさすった。つづいてその顔を引きよせて自分の顔にすりつけたので、相手の涙がしずくを引いてつたってきた。あれこれなだめすかしていると、曲芸師はようやくしゃくりあげながらこう言った。

「両手に止まり木が一本だけだなんて——どうやって生きろというの！」

こうとわかれば、なだめやすい。興行主は約束した。汽車が次の駅に着きしだい、すぐにも電報を打って第二のブランコを用意させておこう。これまで一つきりでやらせてきたなんて、なんともかとも、うかつだった。この点、よくぞこちらのあやまりをおしえてくれた。

こうやって曲芸師を落ち着かせ、興行主は元の席にもどったが、こんどは自分がなんとなく落ち着かない。気がかりでならず、手にもった本ごしに、そっと曲芸師に目をやった。ひとたびこの種のことに悩みを抱いたら、はたしてそれきりでやんだりするだろうか。悩みというものは、つぎつぎに増えていく。遅かれ早かれ、いずれはいのち取りになりかねない。存分に泣いたあげく曲芸師はすやすやと眠っていた。すべすべした子供のような額には、すでにして最初のしわが一本、きざみつけられているかのようで、興行主はいましも、そのしわをまざまざと見たように思った。

小さな女

小さな女である。生まれつきほっそりしたのを、コルセットで締めつけている。服ときたら、いつも同じ。黄ばんだ灰色の服で、いわば木肌色。同じく木肌色の房《ふさ》かボタン状のものがついている。帽子をかぶっていたためしはない。くすんだブロンドの髪を梳《す》き、ゆるくそろえてふんわりと束ねている。コルセットで締めつけているが動きは敏捷。むろん、わざとそうしているからで、両手を腰にそえるのがお得意のポーズ。やおら上体をクルリとねじまげる。彼女の手のことだが、さてどう言えばいいのだろう。指があんなに一本ずつ、規則正しく分かれている手は前代未聞とでもいいたいところ。だからといって解剖学的に特異なわけではなく、つまりがごくふつうの手なのである。

この小さな女には、わたしが我慢ならない。不満の種だらけ。いつも不正な仕打ちを受けているとかで、何であれカンにさわるらしい。この世のいとなみを最小単位に分割して、その一つをとりだしてながめたとしたら、わたしの単位のどれといわず、彼女にはシャクの種になる。どうして彼女のカンにさわるのか、とつおいつ考えてみた。わたしのすべてが彼女の美意識、正義感、習慣、習わし、望むところと反しているらしい。こんなふうにしっくりいかない二つの本性があるものだが、しかし、どうして彼女にばかり、そんなふうになるのだろう？　わたしのせいで彼女が苦しまなくてはならないようなかかわりなど一切ない。要するに心を決めてこちらを赤の他人とみなせばいいのである。事実、そうなんだし、わたし自身、そのように決めつけられて気を悪くするどころか、大歓迎したいほどなのだ。こちらの存在など、きれいさっぱり忘れさえすればいいのであって、そもそもこちらが自分の存在を押しつけたこともなければ、これからも押しつける気など毛頭ないのだから、一切の苛立ちにケリがつくはずではないか。わたしは自分のことなど考えていないし、こちらだって彼女にやりきれない思いがあるのだが、それに目をつぶってのこと。彼女のほうの苦しみにくらべてわたしの苦痛などは、ものの数ではないことを承知しているからである。といって愛情のゆえの苦しみなどでは決してない。わたしをよくしようとしての悩みではむろんないし、腹が立ってならないのも、こちらをどうかしようとしてままならないせいではない。わたしの将来性など毛ほども眼中になく、彼女の心にあることといえば自分のことばかり。自分が受けている痛みに仕返しをすることと、今後に受ける恐れのある苦痛をとり除くこと。そのたえまのない苦痛とやらに、もうそろそろおさらばしてはどうかと口にしかけたこともあるのだが、彼女ときたら、とたんにおそろしく激昂した。二度と言う気にならなかった。

ことによると、ある種の責任が、わたしの側にあるのかもしれない。いかにもこの小さな女はわたしにとって赤の他人だし、わたしたちのあいだにある関係といえば忿懣だけ。わたしがかきたてる腹立ちというよりも、むしろ彼女自身がわたしからかきたてるたぐいの忿懣だけである。とはいえ彼女が見た目にもあきらかに苦しんでいるからには、無関心をきめこんでもいられない。ときおり、そしてこの節はますますひんぱんに知らせがくる。朝の顔色のひどいこと、ひと晩中ねむれなかった、頭痛がする、仕事がほとんど手につかない。まわりの人たちは心配でならず、あれこれ理由をさぐるのだが、いまのところまだつきとめていない。それを知っているのは、わたしひとり。例のおなじみの、そして日々あらたな忿懣のせいである。わたしは近親者たちに同調して心配したりしない。彼女は強いのだ。強靱な女なのだ。こんなにも腹を立てることができるとしたら、腹立ちの結果にも処置できるのではあるまいか。わたしは疑いをもたないわけではない。ことによると――少なくとも少々は――苦痛のふりをしているだけであって、世間の嫌疑をこちらに向けようとしているのではあるまいか。はっきり言って、わたしがもとで苛立つなどは彼女の誇りが許さないだろう。わたしのことで他人に訴えるなど、屈辱そのものではないか。つまるところ、わたしがイヤでならないのだ。そのたえまのない嫌悪感ひとつで、わたしとかかずり合っている。こんないじけた事柄を世間にあからさまにするなんて恥ずかしくてたまらない。だからといって言わずにいるのも腹ふくるるワザというもので我慢がならない。女の浅知恵というやつ、彼女はほかの手を思いついた。あえて口にはしないが、ひそかな苦しみをこれみよがしに見せつけて、もっと世間に引き出そうというのである。もしかするとそれ以上のことを望んでいるのかもしれない。世間がわたしに注目し、公憤といったものが集中することによって、これとくらべてはるかにかよわい彼女の私憤などの及ぶところのない力でもって、手っとりばやくわたしを叩きのめす。彼女は世間のうしろに身を隠して、安堵の息をつきつつ私に背を向ける。しかし、ほんとうにそんなことを願っているとしたら、おかど違いである。世間はそんな役目をひき受けはしないだろう。たとえことこまかにあらさがしをされようとも、わたしには世間に目くじら立てられるようなことはたいしてない。彼女が思っているほどろくでなしではないのである。自慢するつもりはない。とりわけいまのことに関してはそうなのだ。とりたてて有用な人間ではないにせよ、無用さの点で目立つわけでもない。ただ彼女ひとり、ひたすら白い目で見つめている彼女にのみそうなのであって、他人を納得させることはできないだろう。

では、わたしは安心していいのだろうか？　いやいや、やはり安心はできない。なぜなら自分のふるまいによって彼女を悩ませていることを世間に知られたらどうなるか。目の早い連中、いわば口さがない情報屋がこのありさまをみてとるか、もしくはみてとるふりをしているのである。やおらこちらにやってきて、どうしておまえはラチもないことであの可哀そうな、小さな女をいじめるのか、ことによると死に追いやるつもりではないのか、いつ理性に立ちもどり、ことにケリをつけ、ほどのいい愛情を持とうとしないのか――などと問いかけるとしよう。答えるのはむずかしい。彼女が病んでいるなどと思っていないことを正直に言うべきなのか。罪を免れるために他人に咎をおっかぶせている、しかもかくも姑息な手を弄していると、不愉快な印象をよびおこすのではあるまいか。それにたとえ彼女が病んでいると信じるにせよ、まったくの赤の他人であり、自分たちの関係にしても彼女のほうから一方的にしかけられただけのものなのだから、いささかの同情心も抱く気にならないと、はっきり言うことができるだろうか。信じてもらえるかどうか。信じてもらえる、もらえないといったレベルまではいかないだろう。か弱い、病んだ女に関して、わたしが述べたところが残るだけ。それは当方にとって、あまり有利なことではないのだ。世間はこんな場合、きっと恋愛関係をカンぐる。何が何でも愛情のもつれをみてとるものだ。そんな関係がありえないことは明々白々たるところであり、もしあり得るとしたらわたしのほうからはじまったはずではないか。わたしはこの小さな女を判断力のたくましさ、また判断の帰結をとり出す執拗さの点で、それによってたえず痛めつけられさえしなければ、感嘆するにやぶさかではないのだから。しかしいずれにせよ彼女のほうに好意あふれる関係を思わせるものは少しもない。その点、彼女は正直かつ率直であり、そんな彼女にこそ最後の希望をかけたいではないか。わたしに対して好意的な関係があるかのように思わせるのが作戦上、有利だとしても、よもやそれをやらかすほど我を忘れたりしないだろう。しかし、世間はこの方面のこととなると、まったくもって愚劣きわまる。いつもわたしに非があるとみなしてゆずろうとしないだろう。

そんなわけで、世間が介入してくる前に、あの小さな女の忿懣を片づけるなどはとうてい不可能にせよ、少しはやわらげることを図る以外に手はないのだ。実際のところ、わたしは何度となく自問してみた。いまのこの現況といったものは、まるきり変更を要さないほど満足のいくものなのかどうか。そもそも変更が可能なのかどうか。必要があって変わるのではなく、あの女をなだめるためだけにでも自分が変わるのが望ましいのではあるまいか。わたしは真底、変わろうとしてみたのだ。苦労なしとはいえなかったし、慎重さも必要だった。変化そのものは自分ながら気に入ったし、ほとんど愉快ですらあった。あれこれと目立って変わったことがある。注意を促すまでもない。この手のことには彼女はわたしなどよりずっと敏感で、こちらの人となりからはやくも意図を読みとってしまう。だが成功とはほど遠かった。どうしてまた成功など望みえよう？　わたしに対する彼女の不満は、もういやというほど知りつくしているところだが、根っからのものであって、どうにもならない。わたし自身をどうにかしたからといって何の影響もない。わたしが自殺したと知ったら、彼女の怒りはとどまるところを知らないだろう。あの鋭敏な女がわたし同様に、何をやってみてもムダであって、何をやろうとも要求に応じきれるものではないことを気づいていないはずはない。たしかに気づいているのだが、もって生まれた争い好きで、争いの情熱にまぎれて忘れている。それにひとたび与えられた以上は選択の余地のないわたしの持ち前の性分により、タガの外れた人をみると注意をささやいてみたくなるのだ。こんなやり方では、むろん、理解しあうなど不可能だ。たとえば毎度のことながら、早朝、いそいそと家を出るとする。とたんにしょぼくれた顔と出くわす。こちらのせいで、しょぼくれた顔になる。唇を不快そうに突き出し、ねめつけるがごとく、また結果はとっくに承知の上といったような目つきを投げかける。その眼差しは一瞥してすべてを見てとってしまうだろう。ふくよかな頰だというのに苦々しげな笑みを刻みこみ、訴えるかのように空を見あげ、身をかためる仕草で腰に両手をそえる。ついで怒りのあまりに顔面蒼白、あげくはワナワナとふるえだす。

先だって親しい友に打ち明けた。こんなことをしたのははじめてであって、なぜ打ち明ける気になったのか、いまあらためて驚くのだが、ことの次第を簡単に、ごく手短に述べたのである。しょせんはたわいないことであるからには、全体の意味合いを、小さく低めにして話したわけだ。奇妙なことに友人はそっけなく聞き逃すどころか、わざわざ意味をつけ加えて、話をむし返しては力説する。さらに奇妙なことに、そのくせもっとも肝心なところで、いたってたわいない評価を下すのだ。友人はわたしに、真顔で旅行をすすめたのである。これほどたわけた忠告もない。なるほど、ことはいたって簡単であり、誰であれ近づきさえすればすべて見とおせる。しかし、旅に出さえすれば一件落着、大もとが解決するほど簡単ではないのである。むしろ逆に旅行などは避けるべき最たるものなのだ。いま何か手を打つとしたら、ことをこれまでどおり狭いところに限定して、外と切りはなしておくこと。いまあるがままにしてジタバタしない。何らかの目立った変化は一切無用、ついては誰にもこの件を話さないこと。しかし、だからといってこれが何か危険な秘密であるからではなく、たわいのない私的な事柄、何てことのない事態であって、それ以上でも以下でもないからである。この点、友人の注意はまんざらとりえがなくもなかった。何を教えてくれたというのでもないが、本来あるべきことを確認させてくれたのである。

ちょっと考えてみればわかることながら、時の経過とともに変化が生じたかのようであるが、事柄そのものが変化したわけではなく、わたしの見方が変わったまでのことである。一方では落ち着きをもち、より男らしくなって、核心に近づいたともいえるが、他方では、いまはなお微少なりとはいえ、たえず神経をわななかせていることの当然の影響で、一種神経症の傾向をおびてきた。

決定的なときが目前に迫っているようにみえて、しかしなおいまだきたらずとみきわめれば、ことに対して平静を失わない。若いころはとくにそうだが、決定が下るテンポを過大評価しがちである。小さな女はわたしを目にとめただけでガックリとして、横ずわりに椅子にすわりこむ。片手で背もたれにつかまり、もう一つの手はコルセットをつけた身体を撫でさすっている。怒りと絶望の涙が頰にしたたるたびに、いよいよ決定的な時がきた、すぐにも自分は召喚されて、弁明を求められると思ったものだった。しかし、そんなけはいもなければ、弁明の要請もない。女というものは何かあると、すぐに顔面蒼白になるもので、そんなことにかかずらっているヒマはない。そもそもこの歳月のあいだに何が起こったか。おなじみのことがくり返されたにすぎず、強い弱いの差こそあって、それで総量が増したまでのこと。人々はまわりをうろついていて、手がかりがあればわりこんでくるだろうが、しかし、手がかりなどないのである。もっぱら嗅覚をたよりにしており、たしかに嗅覚ひとつで当人にはけっこう頼りになるのだが、他人にはいけない。つまるところ、いつもこうだったし、どこにでも無用の野次馬連がいる。好んで親戚の者と称して悪賢い方法ですり寄ってくる。目を光らせ、鼻をクンクン鳴らすのだが、その結果といえば、ことは一向に変わらない。この間の相違といえば、しだいに彼らがわかってきたということだ。顔の見分けがつく。以前は彼らが四方から馳せ寄ってくると思っていた。そのため、ことがそれだけ大きくなり、おのずから決定の時が生じてくる。いまではわたしは承知しているのだが、すべては以前からこうだったし、決定の時の接近とほとんどかかわりがない。あるいはまったくもって関係がない。決定そのものにしても、どうしてわたしは「決定」だなどと大仰な言葉を使うのだろう？　もしいつの日か——むろん、明日でも明後日でもない、たぶん決してありえないいつの日か——世間が介入してくるとしよう。ついてはくり返し言うとおり、世間にはそんな権限などないのだが、ともかく世間がのり出してくる。となれば、きっと無傷では抜け出せないだろうが、しかし、こちらが世間的にちょっとした人間であることが勘案されるのではあるまいか。久しく世間を信頼し、また世間から信頼をかちえて生きてきた。そんなところにフラフラと、小さな女が悩みをかかえてまぎれこんできたのである。ついでながら言っておくと、余人ならこんな女にかかずらわったりしなかったはずだ。うるさくまといつく毬《いが》そのものであって、靴でそっと踏みつぶすのが公のためになる。最悪の場合でも、世間に認知された人間としての証明書に、小さな汚点をひとつ、つけるたぐいのもの。つまりこれが目下の現況といったところで、なんら不安がるにあたらない。

にもかかわらず、このところ年とともに少々気がかりを覚えるようになったのは、事柄そのものの意味となんら関係がない。のべつ誰かを怒らせているのは、相手の腹立ちにまるきり根拠がないとしても耐えがたいことなのだ。不安を覚える。いわばただ肉体的にせよ、決定の時を待望しはじめる。理性的には、そんな日がついぞこないと知っているのだ。少なからず老化現象にもよるのだろう。若いときは馬子にも衣裳で、たえずフツフツと湧いてくる若さ特有の力のおかげで醜悪なものなど何一つない。若い者が何かをうかがっている目つきをしていても、悪くとられるおそれはない。気づかれさえしないし、当人自身、そんな自分に気づかない。年とって残るのは滓《かす》ばかり。滓ながらどれといわず必要で、更新もままならず、誰もがいつも見られている。老いていく間のうかがうような目つきは、まさしくものをうかがっているからこその目つきであって、それを見てとるのは造作もない。ただ、だからといって何が悪化するというのでもないのである。

以上、どの観点からしても明瞭なとおり、わたしがこのささやかな一件を軽く手で覆っているかぎり、世間に煩わされず、これまでどおりの生活を安んじてつづけることができる。いくら女が泣きわめこうと、この点、なんら変わりはないのである。

断食芸人

この何十年かの間に、断食芸人に対する関心がすっかり薄れてしまった。以前なら自分で大々的に興行を打って、けっこうな実入りにありつけたものだが、今ではそんなことはとうてい不可能である。時代がすっかり変わってしまったのだ。昔は町じゅうが沸きたっていたものだ。断食の日数《ひかず》が増していくにつれて、目に見えて関心が高まっていく。誰もが一日に一度は断食芸人を見ないではいられない。そのうち席を予約して、のべつ格子つきの小さな檻の前にへばりついている連中があらわれた。夜中も興行中も炬火《たいまつ》が赤々と燃えていて、なおのこと見物《みもの》というものだった。天気がよければ檻は外へ引き出された。こちらの見物人は、もっぱら子供たちで占められた。大人にとっては流行《はや》っているからには見逃す手はないといった式のおたのしみだったのに対して、子供たちにはそうではなかった。ポカンと口をあけ、互いに手を握りあい、身じろぎ一つせずにながめていた。黒いトリコット地のタイツをはいた断食芸人は、床にまき散らした藁《わら》の上にすわっていた。椅子など御免こうむるという次第。顔は蒼白く肋骨《ろっこつ》が浮き立っている。ゆっくりとうなずきながら、無理に微笑をうかべて質問に答えたりした。格子ごしに腕をのばして、自分の痩せぐあいをさわらせてみせることもあった。そのあとは、またもやもの思いに耽ったきり、もはや何ひとつ気にならない。檻の中の唯一の家具であり、少なからず意味深いはずの時計にもさっぱり興味を示さず、目を半ば閉じて、じっと前を見つめている。おりおり小さなグラスに入った水を啜《すす》って唇をしめらせた。

入れかわり立ちかわりやってくる見物人のほかに、常時、見張りが詰めていた。推《お》されて引き受けた人々で、妙な話だがきまって肉屋、三人が一組になり昼夜兼行で目を光らせている。断食芸人がこっそりつまみ食いをしないようにと見張っていた。とはいえそれは、見物人を納得させるための単なる手続きというもので、知る人ぞ知るとおり断食の期間中、断食芸人は決して食べ物を口にしなかった。たとえ無理強いされようとも、ほんの一かけですら拒み通した。芸の誇りが許さないのである。とはいえ見張り役の誰もがこのことを理解していたわけではない。夜の当番のなかには、見張りのほうはなげやりなふぜいで、隅っこでわざとトランプに熱中する者もいた。気つけ薬用のつまみ食いを大目にみてやろうというつもりらしかった。その連中の意見によれば、どこか誰も知らないところに食べ物が納《しま》いこまれているにちがいないのだ。断食芸人にとっては、このような親切こそとりわけ辛《つら》い仕打ちというもので、彼は悲しくなった。こんなとき、ひときわ断食が耐えがたいのである。気力をふるい起こして飢えを呑《の》みこみ、自分に向けられた疑惑がいかに不当であるか示すために歌を口ずさんだりした。だが、それが何になるだろう。連中ときたら、歌を口ずさみながらつまみ食いする芸当に改めて感心する始末だった。見張り役が格子のすぐそばに陣どって、疑わしげに目を光らせているときの方が楽だった。この種の当番は会場の弱い明かりが不満で、興行主から懐中電燈を借りてきて、じかに照らしつけて見張っていた。まばゆい光など何でもなかった。断食芸人はとっくの昔に眠りと縁を切っていた。そのかわり、どんな光の下でも、どの時刻でも、超満員のにぎやかな会場でも、うつらうつらすることができた。疑り深い見張り役といっしょに夜明かしするのは、もっとも好むところだった。冗談を言ったり、これまでの自分の放浪生活のことを話したり、あるいはお返しに話を聞かせてもらったりしたいものではないか。そうすれば当然、相手もまた眠らず、その結果、檻の中に食べ物などまるでないこと、そしてこの自分がおよそ類のない断食をつづけていることを納得するにちがいないのだ。やがて朝がくると断食芸人のおごりで見張り役に、たっぷり食事が振舞われる。

健康な男たちが寝ずの番のあとの猛烈な食欲とともに、いそいそと朝食にとりかかる。断食芸人にとってはそんな光景をながめるのが、なによりもよろこばしい瞬間だった。代金が相手もちの食事をいただくなんて手ごころを加えている証拠だと言い張る人がいないわけではなかったが、不当な言いがかりというしかない。ただ見張りをするだけ、朝食もつかない不寝番を、どこの誰が引き受けるというのだろう。そのことを指摘すると、連中はなおも疑り深げな面もちでこっそりと退散した。

　とはいえこれは断食芸につきものの疑いであって、連日連夜、片時も目をはなさず見張っているなど出来るものではない。だからして断食が一点の疑いもなしに継続しているとは、誰にも断言できないのだ。それが出来るのは、ひとり当の断食芸人だけであり、彼だけが同時に心から満足した見物人というものだった。しかしその当人にしても別の理由からではあれ、決して満足していなかった。いかにも彼は正視に堪えないほどに痩せていた。あわれみの気持から見物を控えている人もいたほどである。だが、断食のせいで痩せたのではなく、より多く、むしろ自分に不満でそうなったのかもしれないのだ。というのは彼はひそかに誰も知らないことに気づいていた。つまり、いかに断食がたやすいことであるかであって、それはこの世でもっともたやすいことと言ってよかった。当人みずからそのことを口にしたりもした。だが人々は信じなかった。謙遜していると考えるのが関の山で、たいていは宣伝上手だとか山師の言い草だとかいうのだった。たやすいのは、たやすくする奥の手があるからだろうし、しかもわざわざそれとなく匂わせておくなんて、なんとも知能犯だというわけである。断食芸人はそんな声すべてを甘受しなくてはならなかった。永い歳月のあいだにそれなりに慣れたとはいえ、たえず不満に苦しんできた。断食期間が終わっても――その旨《むね》の証明が交付されるのだが――彼は自分から檻を出ようとしなかった。興行主は断食の期間を最高四十日と限っていた。それ以上つづけることはない。大都市での興行においても例外ではなかった。理由あってのことである。これまでの経験によると、四十日間程度なら、徐々に宣伝を高めていくにしたがって、それなりに人気をあおることができた。だが四十日以上となるとパタリと客足がとまる。この点、町であれ田舎であれ、ほとんど違いはないのである。だからして期間は四十日が相場だった。さてその四十日目、花で飾られた檻の扉が開かれる。円形劇場にはぎっしりと観客がつめかけて、今かいまかと待っていた。まずは軍楽隊の演奏がある。つづいて二人の医者が檻に入って、しかるべき診断がとりおこなわれ、その結果がメガフォンで高らかに告げられる。しめくくりは、くじで選ばれた若い女性二名の登場となる。選ばれたことの喜びで顔をほてらせた娘二人は、断食芸人を檻から出して、二、三段下へと案内するのが役割だ。そこには小さなテーブルに、えりぬきの病人食が用意されていた。まさにこのときである。断食芸人はきっと逆らった。彼はなるほど、若い女性二人がかがみこんで迎えてくれるのに対して、ともかくも骨と皮だけの腕を差し出す。しかし立ち上がろうとはしないのだ。四十日を過ごしたというのに、どうして今になって止めなくてはならないのだ？　もっと永く、限りなく永くつづけられるのだ。今まさに至福の時を迎えたというのに、なぜ中止しなくてはならないのか？　もっと断食しつづける栄誉を、なぜ奪おうとするのか。この世で最高の断食芸人であることはすでに疑いをいれないにせよ、さらにそれを凌駕《りょうが》して、限りなく自分を超えるという名誉を、なぜ許さない。断食の能力に対して、彼はいかなる限界も感じていなかった。人々は感嘆してながめていたはずではないか。どうしてこんなにも辛抱がない。自分といえば、さらにさらに断食を耐えるつもりなのに、なぜ人々は耐えようとはしないのだ。たしかに自分は疲れている。しかし藁《わら》の中にきちんと坐っているではないか。だのにいま立ち上がり、食事のところまで行かなくてはならない。それを思うだけで嘔吐を覚えたが、目の前の若い女性をおもんぱかってようやくこらえた。いかにもやさしげであるが、実のところは残酷きわまる女どもだ。断食芸人は女性の目を仰ぎみた。頭は一段と重みをました。しかし委細かまわず、いつものことが引きつづく。興行主が登場、やおら断食芸人に両腕を差しのばす。音楽にかき消されて声は聞こえないが、天に向かって藁の上のこの生きもの、哀れなこの受難者を照覧あれ、とでもいうかのようだ。この点、まるきり別の意味合いであれ、彼はいかにも受難者だった。それはともかく、ついで興行主は断食芸人のかぼそい胴をかい抱く。わざと慎重この上ない手つきでもって、いま自分が、いかにこわれやすいシロモノを手中にしているかを見せつける。のみならずこっそりと左右に揺さぶってみせるので断食芸人の足と上体がねじれて揺れる。そのあとで、いまや色を失って突っ立っているくだんの娘たちに引きわたすのだ。断食芸人はこういったすべてをじっと我慢していた。顔をガックリと胸に落とした。頭が勝手に胸元へころがり落ちて、かろうじてそこにひっかかったかのようだ。からだは空洞、足は自己保存の本能によって膝に支えられていたが、よって立つべき確かな足場を求めるかのように、空しく足元を掻《か》いていた。全身の重量といってもまことに軽いものだったが、それが一方の女性におっかぶさる。娘の一人がおぶっていかなくてはならない。目を白黒させ、息をはずませて——こんな役目とは思ってもみなかった——よろよろと歩く。顔が触れ合うのがいやなものだから懸命に首を突き出している。それでも顔と顔が触れ合わずにはいないのだ。幸運なもう一方の娘は助けてくれない。小骨を束ねたような断食芸人の手を、ふるえながら押しいただいてついてくるだけ。場内が笑いの渦につつまれたとたん、おぶった娘がワッと泣き出す。かわって介添役が駆けつける。次はいよいよ食事の段である。うつらうつらの状態の断食芸人に、興行主が手ずから口に流しこむ。断食芸人の半眠りの状態から注意をそらすため、興行主は陽気にしゃべりづめ。つづいて見物衆の健康を祝して乾盃となるのだが、その音頭とりは断食芸人がささやきかけるという段どりになっている。楽隊が晴れやかに音楽でしめくくって幕となり、打ち出し。人々は満足して帰っていく。満足しない者など一人もいない。ただひとり断食芸人だけ。彼だけがひとり不満だった。

ある一定の休息期間をあいだにはさみ、ながらくこのようにして生きてきた。なるほど、みたところ栄光につつまれ、世間からもてはやされてきた。だが当人はたいてい気が晴れなかった。誰もがまじめにとってくれないので、ますますもって気持がふさいだ。どうして慰めればよかっただろう。さらに何を望んでいるのだ。気の毒に思った人が、悲哀はすべて断食のせいだと言ったとしよう。とりわけ断食が進んでいる最中のことだが、とたんに断食芸人がはね起きて獣《けもの》のように檻をはげしく揺さぶり、人々を怖がらせることがあった。そんなとき、興行主は罰を与えた。お定まりの手であって見物人にこう言って詫びるのである――それもこれも断食のなせるワザであって、満腹した人間には到底わからない苛立ちとおぼしめされよ。この先いくらでも断食できるなどと豪語するのも、同じ理由からとお聞き流しねがいたい。つづいて興行主は、断食芸人の主張をとりあげ、そこに高邁なる努力と、相手をたのしませようとする善意、ならびに偉大なる自己否定の心意気を読みとってほしいと要請するのである。しかるのち何枚かの写真を持ち出してくる。四十日目、ベッドの上で息も絶えだえの断食芸人を撮ったものであって、只今当会場で即売中――これによっても断食芸人の主張が支離滅裂であることはあきらか、というわけである。おなじみのやり方ながら、断食芸人はいつも改めて神経を逆撫《さかな》でされる思いだった。断食をいち早く打ち切ったときの結果であるものを、その原因であるかのようにすりかえて持ち出すなんて、なんと手ひどい改竄《かいざん》であることだろう！　このように愚劣な、このように無理無体な世間と戦うのは不可能だった。興行主のおしゃべりに対して、彼はいつも一抹《いちまつ》の希望をもって耳をそばだてたが、写真がもち出されたとたん格子からはなれ、溜息をつきながら藁の中に沈みこむ。これを見て観客はひと安心、ふたたび檻に近づいて、しげしげと中をのぞきこむのだった。

　こうした情景に立ち会ったことのある人が、数年あとになって当時のことを思い出すとき、われながら実際のこととは信じられない思いだった。というのは、その間に初めに述べたような変化が生じたのだ。ほとんど突然の変化といっていい。それなりに深い理由あってのことだろうが、誰がそんなことを詮索したりするだろう。いずれにせよ、ある日、断食芸人はもはや観客に見捨てられていた。人々はさっさとほかの出し物へと去っていった。場所を変えれば、かつての人気と出くわすかもしれない。興行主は断食芸人をともなって、いま一度ヨーロッパ各地を巡回した。しかし無駄だった。ひそかな申し合わせでもあるかのように、断食芸人はどこへ行っても白い目で迎えられた。むろん、このような変化は突然生じたわけではなく、あとになって考えれば、それなりに兆候があった。成功に目がくらみ、つい見すごしていただけである。いまさら悔やんでも遅すぎた。いずれ断食芸がもてはやされる時が再びめぐってくるだろうが、まさしく当今の芸人には慰めにならない。一体、どうすればいいのか？　かつての華やかな人気者が歳の市の見世物ふぜいに身を落とすわけにいかない。ほかの職につくには齢《とし》をとりすぎている。何よりも彼は自分の芸に没頭しすぎていた。そこで生涯の相棒であった興行主と別れ、大きなサーカス一座と契約を結んだ。自尊心を傷つけられないために契約書の内容は読まなかった。

大きなサーカス一座には種々雑多な芸人や動物や道具類がつきものであり、それぞれのべつ出入りがあって、しかるべく補充される。だから断食芸人がいてもいいわけで、その程度の必要にすぎなかった。ともれ当人ともども、合わせてかつての栄光がものをいったという点で特例というものだった。とっくに峠をこえた老ぼれ芸人がサーカスにひろわれたというのではない。この断食芸人の芸は齢をとっても一向に衰えない。むしろ逆であって、断食芸人が断言したところであり、かつまた実地に見せるはずの芸当は以前にもまして高まっていた。こちらの意向にまかすと約束してくれるなら、世間をアッと言わせてみせると申し出て、すぐさま約束をとりつけた。もっとも、断食芸人が熱意のあまり忘れがちな時勢というものを考えて、サーカスの面々は、ただ苦笑を洩らしただけだったのだけれど。

とはいえ、つまるところ断食芸人もまた時勢に盲目であったわけではない。だから自分の檻が晴れの舞台ではなく、外の動物小屋の並びの通路ぎわに置かれたことに異議は唱《とな》えなかった。檻には色とりどりの派手な看板がぶら下がっていて、中の見物《みもの》を告げていた。出し物の合間ごとに観客が動物を見にやってくる。いや応なく断食芸人の檻の前を通らなくてはならず、その前で足をとめる。あるいはもっと永く足をとどめていたかもしれないが、なにしろ通路は狭いのだ。うしろから次々と押し寄せてくる。前の連中がなぜ立ちどまるのか、うしろの者たちにはわからない。そこでやみくもに押してくる。ゆっくり立ちどまっているなどのことは無理な相談というものだった。つまりはこれが、自分の生きている目的として乞《こ》いねがった観客の訪れを、逆に恐れるようになった理由である。はじめの頃は幕間《まくあい》が待ちどおしくてならなかった。陶然とした目で押し寄せてくる人々を待ち受けた。しかしまもなく——手をかえ品をかえて、われとわが身を言いくるめてみても無駄だった——断食芸人は思い知らずにはいなかったのである。誰もがただただ動物見たさにやってくる。観客を遠くで見ているぶんには問題はなかった。押し合いへし合いしながら近づいてくるとき、叫びと罵りがこもごもに起こるのだ。一つはたしかに断食芸人をよく見ようという声だった。しかしまもなく、この声の連中の方が耐えがたくなったものだ。ゆっくりながめたいというのも、それが何かわかっての上ではなく、ほんの気まぐれ、あるいはうしろから押してくる者たちへの意地悪からだった。もう一つの声とは、つまりはぐずぐずせずに前へ進めと罵るばかり。大波のような群衆が通りすぎたあと、のろまな連中がやってくる。彼らはその気になれば、のんびり足をとどめることもできるのに、チラッと横目で見るだけで通りすぎ、早く動物小屋に行きつこうという一念だけだ。ほんのときたまのことだが、親子づれがやってきた。父親は指さしながら、いろいろと話して聞かせる。断食芸人とは何をする芸人のことか、昔はとても人気者で、同じ見世物でも、もっと立派なところでやっていたものだ。子供たちは学校や家庭で予備知識というものを受けていない。それだからワケがわからない——いったい、断食って何のこと?——ともあれ、探るような子供たちの目の輝きには、栄光の時代の再来を予感させるものがなくもない。檻の場所が、こんなに動物小屋と近くなかったらよかったのにと、おりおり断食芸人は自分に言いきかせる。動物小屋から発散する臭いや、目の前を運ばれていく動物用の生肉、餌をもらうときの獣《けもの》の咆哮《ほうこう》といったものが、いたく断食芸人を苦しめたが、それは言わずとも、とにかく場所が悪いのだった。ここでは人々は当然のことながら動物の檻へと流れてしまう。しかしながら断食芸人はサーカスの監督に苦情を申し立てはしなかった。いずれにしても動物のおかげでワンサと人がやってくるのだし、なかにはときたま、こちらをながめてくれる者もいる。それにだいいち、自分の存在が、ありていに言って動物小屋に向かう途中の邪魔ものにすぎないことを思い出させなどしたら、次にはどこへ移されるかわかったものではないのである。

小さな邪魔もの、それも日を追ってますます縮んでいく邪魔ものだった。いまどき断食芸人を見世物にしようなどという奇抜さはともかく、そんな奇抜さそのものが、ほんのいっときしかつづかない。とすれば最後の判決が下されたというものである。断食芸人は全力をつくして断食をつづけ、この上なく見事にやってのけた。しかし、それが何になったというのだろう、誰もが前を通りすぎていくだけ。断食芸を講釈してみてはどうだろう？　感じる能力のない者に、わからせるなど出来るものではないのである。檻を飾っていた看板は汚れ、読めなくなり、次々と取り外された。代わりを用意する者などいなかった。断食の日数を示した板は、はじめのうちはきちんと取り換えられていたが、そのうち同じやつがいつまでもぶら下がっていた。従業員が一週間あまりで、早くも飽きてしまったせいである。断食芸人はかつて夢想したとおりの断食をつづけていた。それはみずから予告したとおり、この上なくたやすいことだった。しかし、もはや誰も日数をかぞえていなかった。断食芸人自身が、もうどれくらい断食をつづけてきたのか覚えていなかった。彼の心は重かった。あるとき、ひとりの男がぶらりと来あわせて、古ぼけた日数板に軽口をとばし、断食芸人を山師よばわりしたものだが、それは無関心と度しがたい悪意とがひねり出した、とびきり愚かしい偽りというものだった。断食芸人があざむいたのではないのである。彼は誠心誠意はたらいた。世間が彼をあざむいて、当然の報酬をちょろまかしたのだ。

またもや多くの日がすぎた。だが、それも終わりを迎えた。ある日、檻が監督の目にとまった。立派に使える檻だのに、藁くずを入れたまま放っておくとは何ごとか。問われても誰にも返答ができなかった。一人が日数板に目をとめて、断食芸人のことを思い出した。藁くずを棒でかきまわすと、なかに断食芸人がいた。

「まだ断食しているのかね」

監督がたずねた。

「いつになったら止めるんだ?」

断食芸人がささやいた。

「どうか、ご勘弁ねがいたい」

格子に耳をくっつけていた監督だけが、ささやきを聞きわけた。

「いいとも」

監督は指で額を指さして、周りの従業員一同に、相手のおつむの工合を示してみせた。

「かまわんとも」

「いつもいつも断食ぶりに感心してもらいたいと思いましてね」

「感心しているとも」

「感心などしてはいけません」

と、断食芸人が言った。

「ならば感心しないことにしよう」

と、監督が答えた。

「しかし、どうして感心してはいけないのかな」

「断食せずにいられなかっただけのこと。ほかに仕様がなかったもんでね」

と、断食芸人が言った。

「それはまた妙な話だ」

監督がたずねた。

「どうしてほかに仕様がなかったのかね」

「つまり、わたしは――」

断食芸人は少しばかり顔を上げ、まるでキスをするかのように唇を突き出し、ひとことも聞き洩らされたりしないように監督の耳もとでささやいた。

「自分に合った食べ物を見つけることができなかった。もし見つけていれば、こんな見世物をすることもなく、みなさん方と同じように、たらふく食べていたでしょうね」

とたんに息が絶えた。薄れゆく視力のなかに、ともあれさらに断食しつづけるという、もはや誇らかではないにせよ断固とした信念のようなものが残っていた。

「よし、かたづけろ！」

と、監督が言った。断食芸人は藁くずといっしょに葬られた。代わって檻には一匹の精悍《せいかん》な豹が入れられた。ながらく放りっぱなしであった檻に、いまや生きのいい豹が跳びまわっている。どんなに鈍感な人にも、目のさめるようなたのしみというものだった。豹には何不足なかった。気に入りの餌はどんどん運びこまれた。自由ですら不足していないようだった。必要なものを五体が裂けるばかりに身におびた高貴な獣は、自由すらもわが身にそなえて歩きまわっているかのようだった。どこか歯なみのあたりにでも隠しもっているらしい。喉もとから火のような熱気とともに生きる喜びが吐き出されていた。見物人にとってそれを耐えるのは、なまやさしいことではなかったが、人々はグッとこらえて、ひしと檻をとりまき、一向に立ち去ろうとはしないのだった。

歌姫ヨゼフィーネ、あるいは二十日鼠族

歌姫の名前はヨゼフィーネ。彼女が歌うのを聞いたことがなければ歌の力がわかるまい。歌に心を奪われない者はひとりもいない。われわれの一族が概して音楽にうといことを考えると、これはなおのこと大したことだ。もの静かな安らぎこそ、われわれの楽音《がくおん》というものである。生活は厳しい。たとえ日々の悩みすべてを振りすてようとも、もともと縁遠い音楽などに慕い寄るなど思いもよらぬ。だからといって嘆いたりはしない。とりたてて嘆くまでにいたらない。ある種の実用的狡猾さといったものをぜひとも必要としており、それこそわれらが最大の強みと考えている。そしてこのずる賢さが浮かべる微笑でもって、たとえ音楽から生まれてくるかもしれない幸せを求めるなんてことになるとしても——そんなことは決してありえないことなのだが——すべてにわたって超然としていられるというわけだ。ひとりヨゼフィーネだけが例外である。ヨゼフィーネは音楽が好きで、それをつたえるすべを

こころえている。ただヨゼフィーネひとりであって、もし彼女がいなくなると、音楽は――それがいつまでかは、神のみぞ知る――パタリとわれわれの生活から消え失せてしまうことだろう。

いったい全体、音楽がどんなかかわりにあるのか、何度も考えたものである。われわれはからきし音楽がだめときている。とすると、どうしてヨゼフィーネの歌がわかったりするのか。ヨゼフィーネによれば、われわれは少しもわかってなどいないそうだから、少なくともわかった気になるのは、なぜだろう。いちばん簡単な答えはこうだ。ヨゼフィーネの歌は並外れてうるわしく、そのため、とんでもなく鈍い感覚でも、そのうるわしさに抵抗しきれないというのだ。しかし、この答えは十分ではないだろう。もしほんとうにそうだとすると、彼女の歌を前にして何はさておき、まずたえず、並外れたものといった感情を持つはずだ。彼女の喉から洩れてくるのは、これまでついぞ聞いたことのないものであって、自分たちは聞きわける耳をもっていない。またこれは、ただひとりヨゼフィーネにだけできて、ほかのだれにもできないたぐいのこと、――そんな思いにとらわれるはずであるが、わたしのみるところ、まったくそんなことはない。わたし自身、そんなふうに感じたことはなく、ほかの者たちも同様である。実際、親しい仲間のあいだではあけすけに、ヨゼフィーネの歌は歌として何てことはない、といったことを口にしている。

そもそも、あれは歌か？　音楽にうとい一族だが歌の遺産といったものがあって、遠い昔には歌をもっていた。つたえばなしがそのことを語っており、歌もまた残されている。ただもはやだれも、それを歌うことができないだけである。さらに歌というものの予感はもっており、ヨゼフィーネの歌はこの予感と一致しない。そもそもあれは歌なのか？　ことによると、単なるチュウチュウ鳴きではないのか。チュウチュウ鳴くのなら、だれにもできる。われら鼠族の特技であって、ワザなんてものではなく、われらにおなじみの生の声なのだ。みんなチュウチュウ鳴くが、それで芸をしているなどとはつゆ思わない。まるで気にとめず、注意も払われず、チュウチュウ鳴いている。チュウチュウ鳴くのがわれわれの特性であることすら知らない者も少なくない。ヨゼフィーネは歌うのではなくてチュウチュウ鳴いているだけであり、しかもわたしには思えるのだが、並のチュウチュウの域すら出ない——たぶん、並のチュウチュウにも力が足りないのだ。巷の土方ふぜいですら、一日中、仕事をしながら苦もなくチュウチュウ鳴きができるというのに——もしそうだとすると、ヨゼフィーネのこれみよがしな芸術家気どりは、すこぶるいかがわしいことになる。ところがかりにそうだとすると、こんどは彼女の大きな影響力が謎になる。

ヨゼフィーネが生み出すのは、ただのチュウチュウだけではない。うんと離れて耳をすますか、あるいはこのような観点から、わが耳を試してみるほうがいいかもしれないが、ほかの声にまじってヨゼフィーネが歌っているとき、おのずと彼女の声を聴きわけなくてはならない。とすると、いやでも気がつくのだが、ごくふつうのチュウチュウである。せいぜいのところ、やわらかさと弱さの点で少しめだつ程度のチュウチュウなのだ。だが、彼女の前に立つとなると、チュウチュウ鳴きですまない。ヨゼフィーネの芸を理解するには、聴くだけではなく見なくてはならない。たとえごくふつうのチュウチュウだとしても、そこにはまず特異な一点がある。つまり、まさしくふつうのことをするのに、およそふつうでない仕ぐさをすることだ。クルミを割るだけのことはいかなる芸でもなく、だからわざわざ人を集めてクルミを割ってみせる者などいない。だが、わざわざそれをやってみせて、しかもまんまともくろみを成功させたなら、それはもはや単なるクルミ割りだけではなくなる。あるいはたとえクルミ割りであっても、われわれはこれまでクルミ割り芸といったものを見すごしていたことになる。わたしたちが単にクルミを割っていただけであるのに対して、いまや登場した新しいクルミの割り手が、クルミ割り本来の本質を示してくれたということになり、しかもクルミを割るにあたって、われわれのおおかたよりも少々ぶざまであったほうが、なおのこと有効に働く。

ヨゼフィーネの歌も実状はそんなところなのだろう。自分たちにはまるでほめたりしないことを、彼女においては、ほめたたえる。ちなみに先の一点で彼女はまったく同意見である。あるときわたしは当のその場にいたのだが、某氏が彼女に、われわれのチュウチュウ鳴きにも注目してくれといったことがある。むろん、よくあることであって、それもごく控え目にいったのだが、しかし、それですらヨゼフィーネには我慢がならない。そのとき彼女は微笑をうかべたのだが、あれほど厚かましく高慢ちきな微笑をわたしはついぞ見たためしがない。われらが一族の女性たちには、やさしげな姿かたちは数多く、そのなかでもヨゼフィーネはとりわけ優美さがきわだっているのだが、そのときはまったく卑しげに見えた。おそろしく感受性の鋭い彼女のことであれば、自分でも気づいたらしく、すぐさま気をとりなおした。そして自分の芸とチュウチュウ鳴きとの関連を否定した。意見を異にする者を、彼女はただ軽蔑する。さらに自分では認めていないようだが、きっと憎んでもいるのだろう。虚栄心というだけでことはすまない。というのは、わたしもその一人である反対党にしても、彼女をほめたたえる点では多数派にひけをとらない。しかしながらヨゼフィーネは、単にほめたたえられるだけでは満足しないのだ。自分が定めた特定のやり方でほめたたえられなくてはならず、そうでなくては何にもならない。彼女の前にすわるとよくわかる。反対を唱えるのは遠く離れているときだけであって、前にすわると了解する、彼女のチュウチュウは、たしかにチュウチュウではないのである。

チュウチュウ鳴きは、われわれ鼠族の身についた習性だから、ヨゼフィーネの聴衆のなかでもチュウチュウやるのがいると思うのだが、しかし彼女の聴衆はチュウチュウをやらない。チュウともいわない。日ごろわれわれは安らぎに憧れながら自分たちのチュウチュウのせいで望みが叶わないのだが、彼女の聴衆は憧れの安らぎをやっと手にしたぐあいで押し黙っている。われわれを魅惑するのは、はたして歌なのか、むしろ彼女の弱々しい声をつつんでいる晴れやかな静けさのせいではないのか？　いちど、こんなことがあった。ヨゼフィーネが歌っている最中に、ある愚かな小娘がついうっかりチュウチュウをはじめた。それはまったくヨゼフィーネのチュウチュウとそっくりだった。かなたでは技巧のきわみにあって、なお心細げなチュウチュウであり、こちらは聴衆のなかの我を忘れた子供っぽいチュウチュウだったが、聴きわけるのは不可能というものだった。だが、われわれはすぐさまいっせいにチュウチュウ鳴きをして愚かな小娘を黙らせた。あらためてそうするまでもなかったことで、小娘はいずれにせよ不安と恥じらいのあまり、こそこそ身を隠しただろう。ヨゼフィーネは高らかに勝利のチュウチュウ鳴きをした。やおら両の腕《かいな》をひろげ、これ以上ないほど首をのばしたものだった。

彼女はいつもこうなのだ。ちょっとしたこと、ふとした偶然、不祥事、土間のきしみ、歯ぎしり、照明の故障、そういったものを、歌の効果を高めるのに手ぎわよく転用する。当人のいうところによると、ヨゼフィーネは聴くすべを知らない耳に向かって歌っており、感激や拍手にこと欠かないが、ほんとうの理解が欠けている。そんなものはとうからあてにしていないという。だからこそ邪魔ものは何であれ大歓迎だ。外から舞いこんで、歌のきよらかさにあい対峙しても、ちょっと争っただけ、いや、争うことすらせず、単に向かい合っただけで追い払われる。それを見て聴衆は理解とまではいかなくても、ただならぬ尊敬をかき立てられるというわけだ。ちょっとしたことでさえそうなのだから、大きなことはなおさらだ。われわれの生活は落ち着きがなく、日々あらたに驚きや不安、希望や怖れが交錯する。日夜にわたり仲間の支えがなくては、到底ひとりではもちこたえられない。仲間と支えあっても、やはり大変だ。おりおり一つの重荷の下で千の肩がふるえている。その重荷はもともと、ひとりが担うはずのものだった。こういうときがヨゼフィーネにはチャンスなのだ。すでにやさしい全身をさらして、すっくと立っている。胸の下が小刻みに波打っているのは、歌に全力をそそいでいるからだ。歌と直接かかわらないすべてが力と生の痕跡を抜きとられたぐあいであって、彼女は素裸で、投げ出されており、よき精霊の加護のもとにゆだねられているかのようだ。かくも自分からすっかり抜け出して歌の只中にいるからには、一陣の冷たい風がヒョイとかすめて息の根をとめかねない。そんな姿を目にすると、自称反対党のわれわれは、こんなふうにいい合うわけだ。

「彼女はチュウチュウ鳴きすらできやしない。歌ではなく――歌のことはいわずもがな――ごくふつうのチュウチュウ鳴きをひねり出すにも、こんなにいろいろ気を配らなくてはならない」

われわれにはそんなふうに見えるのだ。だが、すでに述べたとおり、これは避けようのない、つかのまの、あわただしく消えていく印象であって、すぐにわれわれもまた、からだをくっつけ合いながら、そっと息をついで耳を澄ましている大衆の感情につつみこまれていく。

わが一族はほとんどいつも駆けずりまわっている。たいしてはっきりした目的もなしに右往左往している。この足をとどめ、まわりに集めるためにヨゼフィーネのすることといえば、小さな頭をのけぞらせ、口を半開きにして目を高みにやること。さあ歌うぞよ、といったポーズをとるだけ。どこだって彼女はこれができる。見通しのいい広場である必要はない。どこかめだたない、そのときの気分で選んだ片隅で十分だ。たちどころにヨゼフィーネが歌うらしいという噂がひろまり、さっそく行列が押しかけてくる。だが、ときたま故障がおこる。ヨゼフィーネは好んで気持の高まりとともに歌いだすのだが、もろもろの事情でわれわれが迅速に馳せ参じることのできない場合がある。ヨゼフィーネが願うように、すぐさま参上というわけにはいかないのだ。その結果、彼女の気分は大いに高まっているが、聴衆はさびしいかぎりということになって――となると彼女はむろん怒り狂う。地団駄を踏み、娘らしくもない罵声をはりあげ、嚙みつくこともある。しかし、このような振舞いも名声を損ないはしない。彼女の過大な要求を多少ともなだめるどころか、嬉々として要求に合わせようとするのだ。使いが走りまわって聴衆をあつめてくるのだが、このことは彼女にはいわないでおく。要所ごとに目くばせするのがいる。そんなふうにして、なんとか十分な数になるまで駆りあつめる。

わが一族は、どうしてこれほどヨゼフィーネに入れあげるのか？　ヨゼフィーネの歌と同じく答えるのが厄介な問いであって、それは彼女の歌そのものと関係している。もしわが一族が無条件に彼女の歌に心服していると主張できるなら、第一の問いは問題がなく、第二の問いにかかずらうだけでいい。しかし、事実はそうではない。わが一族は無条件の心服などまずもってない。何をおいても罪のないずる賢さが好きで、のべつ子供っぽくささやき交わしている。口をじっとさせていられないのだ。かかる一族は何かにとことん心服したりはしない。ヨゼフィーネもそれを感じているようで、弱い喉をふりしぼって、まさしくその問題と闘っている。

一般的な判断において、何かにあまりこだわりすぎるのはよろしくない。要はヨゼフィーネに心服しているが、しかし、無条件ではないということ。たとえばの話、ヨゼフィーネを笑うなんてできない相談だ。ありていにいって、ヨゼフィーネには笑うべきことが少なからずある。それにわれわれは笑うのが好きな一族だ。生活は苦しくとも、少々の笑いはいつもたやさない。しかし、ヨゼフィーネを笑ったりはしない。

わが一族はヨゼフィーネに対して特別の関係をもっていると思わないではいられない。もちろん、いたわりを必要としており、何らかの点で——当人のことばでは歌において——傑出している生きものが自分たちにゆだねられており、だから手厚く保護しなくてはならないというのだ。根拠は不明だが、この事実だけが厳としてある。個人にゆだねられたものは笑えない。それを笑うと義務を傷つける。「ヨゼフィーネを見ると笑いが消えらァ」などという徒輩《やから》がいるが、そんなふうにいって、せいぜいヨゼフィーネに精一杯の意地悪をしてみただけのことである。

こんなふうにわが一族はヨゼフィーネに対して父親のように気を配っている。小さな手が――たのみごとなのか、それとも要求してなのか、しかとわからないにせよ――差し出され、その子の面倒をみているぐあいだ。鼠族は、こういった父親たるものの義務に不向きだとの意見もあるが、しかし、実際のところ、少なくともヨゼフィーネに関しては、もののみごとにやってのけている。もっとも、一族が全体としてなし得ることは、個々の者にはとうていむりだろう。いうまでもなく一族全体と個々の者との力の相違がある。一族としては愛《め》でし子を、あたたかいふところに抱きこむだけでいい。それで十分に保護している。もっとも、このことをヨゼフィーネにいうだけの度胸のある者などいないだろう。

「あんたたちの保護なんて、なにさ」

ヨゼフィーネは鼻先でチュウと笑うだろう。いつものチュウチュウ鳴きだ、とわれわれは考える。彼女が反発しても何てことはなく、あくまでも子供のそれであって、子供の甘えっぷりであり、それにこだわらないのが父親のつとめというものだ。

ところで、ここからべつの問題が派生する。これは一族とヨゼフィーネの関係だけでは説明しきれない。つまり、ヨゼフィーネはまるきり逆の意見であって、自分こそ一族を保護しているのだと信じているのだ。自分の歌が政治的にも経済的にも鼠族を劣悪な状態から救っており、だから多大の功績を果たしている。たとえ不幸を追っ払えないまでも、それに耐えるだけの力を与えている、とヨゼフィーネは思っているのだ。べつにそれをいい張ったりしない。もともとほとんどしゃべらないし、のべつまくなしにしゃべっている一族のなかで、めだって口数が少ない。しかし、目が語っている。閉じた口から――口を閉じていられるのは、われわれのなかのほんの少数者で、彼女はそれができる――読みとることができる。悪い知らせがくると――おりおりまちがった知らせや、いいかげんな知らせがまじりこむのだが――ヨゼフィーネは、ふだんはぐったりと床に寝そべっているのに、即座に立ちあがり、まるで羊飼いが嵐を前にしてするように首をのばして自分の一族を見はるかそうとする。子供というものは、いちずにいい張って自分の要求を通そうとするものだが、ヨゼフィーネの場合は子供のように根拠がないわけではない。いかにも彼女はわれわれを救ってないし、どのような力を与えてくれるわけでもない。われらが一族の救い主を演じてみせるのはたやすいことだ。われわれは苦難に鍛えられ、みずからを容赦せず、迅速に決断してきた。死に親しんでおり、自分たちがたえず生きている蛮勇の雰囲気のなかで、みかけではなるほどおぼつかなげだが、実はすこぶる果敢であるし、多産でもある。つまり、わたしがいいたいのは、あとになって一族の救世主ぶるのはたやすいということだ。われらが一族はいつも何とか、みずからを救ってきた。ともあれ歴史家は犠牲者の数をみて——そういえば、ながらくわれわれは歴史研究をおろそかにしてきたものだが——さぞかし愕然として身をすくませることだろう。

まさに苦境に陥ったとき、われわれがいつもより熱っぽくヨゼフィーネの歌に聴き惚れるのは事実である。迫ってくる脅威のなかで、息をひそめ、おとなしくなり、ヨゼフィーネの命令口調にいそいそと従おうとするかのように身を寄せ合い、ひしめき合うのだが、とりわけこれは苦難の本筋からずっとそれているときに生じることだ。それはまるで戦いの前に大急ぎで——そうとも、うかうかしてはいられない。のべつヨゼフィーネはこれを忘れる——平和の盃をともに酌みかわそうとでもするかのようだ。歌の宴というよりも国民集会といったぐあいで、しかもこの集会は前方でチュウチュウささやきがする以外、粛然としている。ぺちゃくちゃおしゃべりするには時はあまりに深刻だ。この種のことは、むろん、ヨゼフィーネには気に入らない。自分の置かれているはっきりしない立場のせいで苛立ち、不機嫌で神経は尖っているが、にもかかわらず自尊心のために目がくらんでおり、ものがまるで見えていない。だから彼女をまるきり見当ちがいにさせるなど造作もない。この点では、つまり本来、公に役立つという点においてだが、おべっか使いの連中がせっせとおべっかに精出している。そんなわけで、そっと、こともなげに、国民集会の片隅で歌うことは少なからぬ意味をもつことなのだが、彼女はむろん、歌を捧げたりはしないだろう。

そんな必要もないのである。というのは、彼女の芸は気づかれずにいないからだ。われわれは正確にいうと、まったくべつのことに気をとられており、静けさは歌のためというのでもなく、うつ向いたきり、お隣りの毛皮を見つめて顔をあげない手合いもいるしまつで、ヨゼフィーネひとりが、かなたで大わらわになっているごとくだが、しかしながら、――これは否定できない――彼女のチュウチュウにひそむ何かが、とどめようもなくつたわってくる。だれもが沈黙しているなかで、にわかに高まったチュウチュウが、さながら一族の伝令のようにしてめいめいの耳にとびこんでくる。困難な決断のさなかにおけるヨゼフィーネのかぼそいチュウチュウは、四方八方を敵意に囲まれたわが一族の哀れな存在そのものといっていい。そんなふうにヨゼフィーネはみずからを、主張する。とるに足らない声と、とるに足らない成果が自己主張して、われわれのもとにやってくる。それを思い出すのはうれしいことだ。かりに世にまことの歌姫がいるとしても、この時代にあって、われわれはそんな存在など容赦しない。そんなコンサートなど、こぞって願い下げだ。彼女の歌に耳を傾けるという事実がすなわち、その歌を認めない証明であるといった意見があるが、ねがわくはヨゼフィーネがその種の声から守られてあることを。彼女もそれを知らないわけではなく、だからこそわれわれが彼女の歌に耳を傾けていることを、やっきになって否定するのではあるまいか。それでも彼女はくり返し歌い、あらぬ意見は鼻先でチュウチュウとふっとばす。

ともあれヨゼフィーネにとっては、いつも一つの慰めといったものがあった。われわれはまったくのところ、彼女の歌に聴き惚れる。その点、この道の芸達者を静聴するのと同様であって、しかもヨゼフィーネは、この道の芸達者にはとても望めない効果を上げる。彼女の不十分な歌唱力ならではの効果なのだ。それはたぶんに、われわれの生き方と関係している。

われわれ鼠族は青春を知らない。われわれには幼年時代というものがない。おりにつけ要請がされる、幼いものたちに特別の自由を与えるべきだというのである。きちんと保護してやり、面倒をみてやる。好き勝手にさせて、もって学ばせる。そんな要請がもち出されてくると、ほとんどだれもが諸手をあげて賛成だ。これ以上に異議のないことがらもないのだが、さて日々の現実となると、これ以上に異議なしにはいられないこともない。なるほど異議なく賛成して、多少の試みはするのだが、しかし、まもなく旧のままにもどってしまって、何ひとつとして変わらない。われわれの生活にあっては、少し走りまわったりしだして世の中の識別をはじめるやいなや、子供はすでに一丁前の大人としてことを処していかねばならぬ。経済的な理由から、われわれは散らばって生きなくてはならず、その領域はあまりに広い。われわれの敵はあまりに多く、いたるところでわれわれを待ち受けている危険は計り知れない。となると、どうして幼い者たちを生存の闘争から遠ざけてなどいられよう。もしそんなことをしようものなら、生存そのものがおぼつかない。

このもの哀しい一事に加えて、景気のいい理由もなくはない。すなわち、わが一族の多産性だ。一世代のあと——それだってすごいものだが——踵を接して次の世代が押し寄せてくる。のんびり幼年時代を過ごしてなどいられない。ほかの民《たみ》であれば子供は大切にされる。学校をつくって、そこで学ばせる。一族の未来がかかっており、ついては永きにわたり、日ごとにあい似た子供が巣立っていく。いっぽう、われわれは学校をもたないが、しかし、われわれの民からは陸続として未来の子供が育っていく。途方もない大集団だ。まだチュウチュウと鳴けないあいだはピーピー、ペーペーとかさわぎたて、まだ走れないあいだは、ころげまわり、押しくらまんじゅうをして、まだ目が見えなくとも群れにつつんで何であれさらっていく。これがわれわれの子供たちなのだ！　あちらの学校からは、いつもあい似たのが生い出てくるが、われわれの場合は、いつも日々新しい子孫であって、間断なく、つぎつぎにやってくる。子供でいたかと思うと、もうはや子供でなく、すぐうしろからひきもきらず、おつぎの子供が顔をバラ色にほてらせて押し寄せる。それがどんなに麗しいながめであれ、どれほど羨むべき光景であるとしても、だからといってすでに述べたとおり、幼年時代を保証してやるなど到底できっこないのである。その結果というか代償というか、われわれの一族には幼年時代がいつまでもまといついている。まごうかたなく実用的な理性をそなえながら、その一方で、ときおり、これ以上ないほど愚かしいことをやらかす。まさしく子供の愚行というしかない流儀でバカなことをするわけだ。むやみに浪費し、やたらと寛大になり、おそろしく軽率になる。それもおおかたが、ほんのちょっとした気晴らしのためなのだ。子供のように無我夢中になるというのではないが、しかし、たしかにいくぶんかは子供の部分がのこっている。わが一族はつねづね、この子供っぽさから利を得ており、ヨゼフィーネとて例外ではないのである。

いや、子供っぽいだけではない。われわれは時はやく老いている。幼さと老成とが、ほかの民とはちがうのだ。青春をもたず、一足とびに大人になる。そのため大人の期間がやたらと長い。だからして、全体としてはたくましく、希望をすてない属性にもかかわらず、ある種の疲労感、また絶望といったものを色こくもっている。音楽が不得手なのも、おそらくこれと関係がある。音楽をたのしむには、あまりに老いているのだ。それがもたらす興奮や高揚は、われわれの重さとそぐわない。力なく手を振って、ごめんをこうむる。チュウチュウ鳴いてさえいればいい。あちらでチュウ、こちらでチュウ、これが身に合っている。音楽的才能がひそんでいるかどうかは別の問題であって、もしそんなものがあるとしても、一族の性格が才能の発展を押しつぶす。これに対してヨゼフィーネは好きなだけチュウチュウ鳴きをすればいいのである。当人が言いたければ歌だと言ってもそれは結構、とりたてて邪魔はならない。われわれの身に合ったところであって、我慢できる。たとえそこに音楽のようなものがあるとしても、ほんのごく少量であり、それで音楽の伝統が保持されるのなら、それも結構、われわれはいっこう気にしない。

ヨゼフィーネはこのような傾向の一族に、ほかにも何やらもたらしている。とりわけ深刻なとき、若い連中がこぞって歌姫見参とばかり彼女のコンサートへ駆けつける。その唇の動き、前歯による息の吸い方を、息をつめて見つめている。彼女自身、自分の声調にうっとりとして死に絶えんばかりで、みずからの陶酔を利用して、さらに新たな魅惑へと駆り立てる。だが、ほかの大多数は――これは、はっきりとわかること――わが身にじっと沈んでいるのだ。闘争のあいまのわずかな休憩時間に、わが一族は夢想にふけっている。まるで五体がほどけたごとくで、安らぎのない者が、ほんのつかのま、あたたかい民のベッドで好きなだけ身をやすませているかのようだ。この夢のなかへ、ここかしこと、ヨゼフィーネのチュウチュウ鳴きが押し入ってくる。

彼女によれば玉を転がすような歌かもしれないが、われわれにいわせれば石を転がすようなしろもの。とはいえ、しかるべき場ではある。音楽が、ようやくところを得たというべきだろう。そこには哀れな、短い幼年時代の何かが、また失われて再びもどってこない幸せの何かがこもっている。とともに、日々の生活にかかわる何か、ささやかで、とりとめがないものではあれ、しかし、たしかに存在して、ついぞ死に絶えることのない勇気とかかわる何かがある。それは声高にいわれるのではなく、そっとささやくように、耳近くで、おりおりはしゃがれ声で告げられる。もちろんのこと、チュウチュウ鳴きだ。ほかにどんな鳴き方があるだろう。チュウチュウはわが民の言葉であり、生涯にわたりチュウチュウ鳴きつづけていて、それが民の言葉だと気づかない徒輩《やから》さえいる。天下晴れてのチュウチュウであって、チュウチュウはまたわれわれを、ほんのつかのまであれ、日々の生活のくさびから解放してくれる。だからしてチュウチュウ鳴きをやめるわけにいかないのだ。

この一点と、当今の時代にあって、われわれに未知の力、ならびにその他、もろもろの贈り物をしているというヨゼフィーネの主張とのあいだには、大きなへだたりがある。ふつうの者たちにとってはへだたりであって、ヨゼフィーネの取り巻き連はべつにしてのことだ。

「どうあっても、こうでなくちゃあ」

取り巻き連は臆面もなくいうのである。

「だからこそ、いそいそと馳せ参じている。この押すな押すなの盛況をもって知るべしだ。これも適切な規制をしているからこそ、惨事にいたらずにすんでいる」

たしかにそこまでにはいたっていないが、だからといってヨゼフィーネの名誉というわけではないだろう。つけ加えていうに、その集会が敵にけちらされ、死者が出るにいたったことを述べるにおいてをや、である。すべての張本人はヨゼフィーネであって、そのチュウチュウ鳴きが敵をおびき寄せたかもしれないのに、彼女はいつも特等席にいて、取り巻きに守られ、いの一番に姿を消すのだ。もっとも、このこととて誰もが知っていることであって、にもかかわらずヨゼフィーネが某日某所で歌う用意があると知ると、ワッとばかりにやってくる。これからすると、ヨゼフィーネはほとんど世の定めの外にあり、かりに一族を危機に追いやろうとも、好むところをすることができる。すべてが許される。もしそうだとすると、その場合はヨゼフィーネの主張にも、まったくもって了解がいく。一族が彼女に賦与した自由のなかで、この途方もない、なんぴとにも許されず、ほんらいは掟にも反した贈り物において、われらが民は告白をしなくてはなるまい。つまり、彼女のいい張るとおり、わが一族は彼女を理解せず、ただわけもなくあがめているばかりであって、彼女そのひとに値せず、害を受けていると思いこみ、その仕返しばかりに腐心しているというのだ。彼女の芸術は、しょせんは高嶺の花であって、だからして彼女、ならびに彼女の願うところは治外法権たるべしというのだが、これはまったくもって正しくない。たぶん、わが民は個人であたると、すぐにヨゼフィーネに降参してしまうのだ。なんぴとにも無条件降伏などあってはならないのと同じように、彼女にも、そうやすやすと降参してはならないのではあるまいか。

すでにずいぶん以前から、おそらく歌姫としての経歴のはじめからずっと、自分の歌にかんがみ、あらゆる労働から免れてしかるべきだとヨゼフィーネは言い張ってきた。日々のパンの心配、その他、生存競争につきものの一切を免除されるべきであって、それは――おもうに――一族が請け負うべしというのである。尻軽のお調子者は――その種の徒輩《やから》はきっといるものだ――要求の特殊性、およびそんな要求をもち出してくる精神状態にかんがみ、すぐさま正当性を認めてしまうものだが、わが民はどっこい、できが少々ちがっており、従容《しょうよう》として要求を拒絶する。要求の理由にも、たいして拘泥しない。たとえばヨゼフィーネは、労働の際の緊張が声を損なうといい張るのだ。歌うときの緊張にくらべるとたいした緊張ではないとはいえ、歌い終わったあと十分に休んで、新しい歌へと自分を高めるための余裕を与えてくれない。とどのつまりは疲れはて、望みどおりの歌を披露できない――。わが民は主張は聞くが、そのまま聞きすごしにする。いつもは軽はずみに感激する一族が、ときにはまるきり感激しない。拒絶は断乎としたものであって、さすがのヨゼフィーネも口をつぐむ。しおしおと定めの仕事につく。とはいえ、それもほんのしばらくであって、やがて彼女はまたもや――この点、疲れるということがない――あれこれといいたてる。

それはそれとして、ひとつ明らかなことがある。ヨゼフィーネが求めているのは、言葉どおりではないということ。彼女は冷静であって、労働を厭わない。仕事嫌いというのとはちがうのだ。かりに要求が認められても、これまでの生き方を変えるとは思えない。労働は歌の邪魔にはならず、それを免除されたからといって歌がよくなるものでもない――。つまり彼女が求めているのは、自分の芸を公然と、疑問の余地なく認めるということだ。時代をこえ、すべてこれまでなかったほどにはっきりと認めてほしいということだ。彼女ときたら、ほかのすべては手に入れたのに、まさにこのことが拒まれている。おそらくそもそものはじめから、もっとちがった角度を攻めるべきだったのだ。おそらく彼女自身、自分がまちがったと知っている。しかし、もう引っ返せない。それは自分にとっての不誠実を意味しており、何としても要求をいい立てなくてはならない。

当人がいい張るように、もし彼女に敵がいるならば、自分では指一本動かすこともなしにたのしく見ていればいいはずだ。しかし、ヨゼフィーネに敵などいない。おりおり彼女にいちゃもんをつける者がいるが、それはたのしい見ものとはならない。ふだん、われわれには珍しいことだが、わが一族が冷やかな裁判官的物腰でもって対するからだ。一族が個人に対して、いつか同じ態度をとると思えば、それはたのしんだり、おもしろがったりする余地はないのである。ヨゼフィーネの要求の場合と同じように、拒否にあたっても、ことがら自体ではなく、一族が同胞の一人に、かくもわけのわからぬ対処をするということが問題だ。ふだんはだれに対しても父親のように、さらに父親以上に卑屈なまでにうやうやしく対処することを思えば、ますますもってわけがわからない。

一族を個人に置き換えてみよう。この男はこれまでずっとヨゼフィーネに譲歩してきた。いずれは譲歩に終わりがくると願いつづけてのあげくの譲歩であって、超人的なまでに譲歩したというのも、譲歩もいずれは当然の限界にいたるはずだと固く信じていたなればこそである。その限界へと迅速にいたらせるべく、必要以上に譲歩した。さればヨゼフィーネは図にのって、さらに譲歩をせまり、ついにはとっておきの要求をもち出してくる。そうなればしめたもので、予定ずみのとどめの拒絶をピシャリとやってのける。いや、そんなふうにはいかなかった。わが一族は、それほど策を弄さない。それにヨゼフィーネへの敬意は正当にして、ゆるぎのないものであり、またヨゼフィーネの要求は執拗であり、がんぜない子供でもその行く末は予見できる。ヨゼフィーネも予測を予想しないでもなく、拒絶の苦みをこらえているのかもしれない。

たとえ予測をもつとしても、だからといって矛《ほこ》を収めたりしないのだ。先だっては戦法を強化した。これまでは、ただ口でいい張るだけだったが、べつの手段を動員してきた。当人によると効果的だそうだが、われわれのみるところでは、当のヨゼフィーネ自身にも危険なしろものとしか思えない。

ヨゼフィーネが寄る年波に勝てず、声に衰えがはじまったのでいろいろ要求してくるのだとの意見がある。自分を認めさせる最後のチャンスとして攻勢を強めてきたというのだが、わたしはそうは思わない。もしそのとおりなら、もはやヨゼフィーネではないだろう。彼女にとっては寄る年波などなく、声も衰えない。何かを要求してくるときは、外的なことがらからではなく、内的な首尾一貫性にもとづいている。彼女が最高の花環をつかもうとするのは、それがちょうどいま、少し下にぶら下がっているせいではなく、まさに最高の位置にあるからだ。なろうことなら、さらに一段と高いところに掛け直しかねない。

外的な困難を軽蔑しているからといって、たしなみの悪い手段を動員しないわけではない。彼女にとって自分の正当性は疑問の余地のないところであって、問題は、それをいかにして手に入れるかだけ。そしてみてのとおりこの世では、たしなみのいいやり方は効果がない。そんな理由から彼女は自分の権利を歌の領域から一段低いところに移したのだろう。ヨゼフィーネの取り巻きたちは彼女のいうところを触れてまわってきた。それによると、彼女は一族のすべてにわたり、片すみにひそんでいる少数派にも、歌によってほんとうのよろこびを与えることができる。このよろこびを永らくヨゼフィーネに負うていることは一族みずからが述べてきたことであって、つまりその意味ではなく、ヨゼフィーネの欲求の意味においてのよろこびである。彼女は貴きにいつわらず、卑しきにへつらうことができないそうで、だからあるとおりにとどまるしかない。労働からの解放をめぐっては、またべつの手をとってくる。それは歌のための戦いではあれ、当の歌という直接的な手段で戦うのではない。手段はほかに、いろいろとある。

たとえば噂をふりまいた。要求が認められないなら、コロラトゥーラを短縮するというのだ。コロラトゥーラのことはまるで知らなかった。彼女の歌にそんなものを聴きとった覚えはない。にもかかわらずヨゼフィーネはそれを短縮するという。さしあたってはやめるのではなくて短縮である。いうだけでなく実行したらしいが、わたしはちがいにまるで気づかなかった。これまでとかわっていたとも思えない。一族全体がふだんどおりに聴いた。コロラトゥーラのことは何も感じなかったし、やはり要求に応えもしなかった。ヨゼフィーネは容姿と同じく考え方にも、何か可憐なところがあって、たとえば公演のあと、コロラトゥーラに関して厳しすぎたし、あまり突然のことであるので、次回はきちんと歌うと宣言したりする。次のコンサートのときは、また考えが変わって、コロラトゥーラはもうこれきりで終わりだと言明する。決断は変えられないという。わが一族はこれらの宣言や言明や決断をこともなげに聞き流す。大人が子供のおしゃべりを聞き流すごとくであって、耳をかしても頼みはきいてやらない。

ヨゼフィーネはへこたれない。先だっては労働中に足をけがしたといいだした。歌うあいだ立っているのが辛いとか。立ってしか歌えないので、歌をはしょる。そう予告し、足をひきずって出てきた。取り巻きが介添している。しかし、だれひとり、足のけがを真に受けたりはしなかった。彼女の小さなからだは傷つきやすいとはいえ、われわれは労働の民であり、彼女もその一人なのだ。皮膚をすりむいたぐらいで足をひきずるようだと、一族全部が足をひきずらなくてはならないだろう。たとえそんなふうな状態でも、彼女はふだんよりもひんぴんと登場し、わが一族もいつもと同じようにじっと聴き惚れていた。はしょられた分は、何てこともない。

いつもいつも足をひきずっていられないので、彼女はべつの手をあみ出した。疲労困憊で気分が悪く、我慢していられないという。コンサートに加えてわれわれは一場の劇を見物するはめになった。ヨゼフィーネのうしろに取り巻き連が控えていて、しきりに歌をせがんでいる。哀願している。歌いたいけど、でもダメ、と彼女はいう。取り巻きがなだめたり、すかしたりする。そして歌うべく予定ずみの場へ運んでいく。とどのつまり、彼女は不可解な涙とともに気をとり直し、最後の力をふりしぼるようにして歌いはじめる。両手はひろげたりせず、ダラリと垂れたまま、からだもグッタリとして、いまにも二つに折れかねないふぜい——声をととのえようとして、うまくいかず、おもわずガックリと目の前で崩れ落ちた。だが、いずれにせよ、すぐに立ち直り、歌うのである。べつにふだんと変わらない。耳のいい聴き手ならニュアンスのちがいから、ふだんよりやや興奮しているのを感じとったかもしれない。そのせいで歌がいつもよりよかったぐらいだ。歌い終わっても、いつもより疲れているようでもなく、しっかりした足どりで——彼女におなじみのチョロチョロした走りぐあいをこういうとして——介添の手をさえぎり、ひややかな目で、うやうやしく前をあける聴衆をにらみつけながら出ていった。

これが、つい先だってのこと。最新の情報によると、歌が予定されていたのにヨゼフィーネはあらわれなかった。ヨゼフィーネがいなくなった。取り巻き連だけでなく、多くの者たちが手わけして探したが、どこにもいない。ヨゼフィーネが消え失せた。歌わないし、歌をせがまれることも願わない。このたびはきれいさっぱり、われわれから去っていった。

あの利口なヨゼフィーネが、こんな計算違いをするとは不思議なほどだ。とんだ計算違いであって、そもそも彼女は計算などせず、みずからを運命の手に引きわたしたとしか思えない。運命というやつ、この世では悲劇をもたらすしか知らないというのにである。歌から身を引いて、それでもって保持してきた力をも、みずからの手でなくしてしまった。これっぽちのことわりにも気づかずに、どうしてあれほどの力を保持してきたのだろう。身を隠して、もはや歌わない。しかし、一族はガッカリしたふうもなく、平然としていて、なにほどのさわぎもない。みかけはともかく、贈り物はしても受けとりはしない民である。ヨゼフィーネに対しても同様のこと、わが民はこともなくわが道を往く。

ヨゼフィーネは消えてゆく。最後のチュウがひと声で、それっきり。いずれヨゼフィーネは、わが民の永遠の歴史のなかの小さな逸話に収まるだろう。民は喪失を克服する。いかにしてであろうか。集会は粛々として音なしで進行するものか？　むろん、進行する。ヨゼフィーネがいたときも粛々としていたではないか。あのチュウチュウは記憶にある以上に高らかで、いきいきとしていたであろうか？　彼女がいたときですら、単なる記憶にとどまっていたのではあるまいか。わが一族はその生来の知恵により、ヨゼフィーネの歌を、現にそれがあるかぎりは高く評価していた。それだけのことではなかったか？

きっとたいして不自由はきたすまい。ヨゼフィーネは地上の拘束から解放された。当人は選ばれた者のつもりであったにせよ、わが民の数知れぬ英雄たちのなかに、晴ればれとして消えてゆく。われわれはとりたてて歴史を尊ばないので、いずれ、すべて彼女の兄弟たちと同じように、よりきよらかな姿をとって、すみやかに忘れられていくだろう。

新聞・雑誌に発表（単行本未収録）のもの

女性の聖務日課

ホッと息をつきながら世の中へ出ていくのは、水泳選手が高い台から水に跳び込むときのように、すぐさま、またしばらくは、ちょっとしたたじろぎを感じて頑是ない子供さながらうろたえるものだが、しかしやはり両側に美しい波を従え、はるかな空中へ身をおどらせる。そんなとき、この本におけるように、あてもなく、だがひそかな目的をたたえた眼差しを水に投げかけていないだろうか。その水は受けとめてくれる、飲むことができる、やすらかに頭をのせて、はてしなくひろがっている。

これが最初の印象である。つぎにはっきり気がつくのだが、作者はここにとめどないエネルギーをそそぎこんだ。それがたえず生きいきとした、精神のいとなみに——一点に集まるには、あまりにめまぐるしい——くっきりとしためりはりをつけている。

明快に語られている素材を前にすると、かつて荒野の隠者のもとを、目に見えない獣の咆哮を先触れとして訪れた数々の誘惑を思い出させる。だがこの誘惑は作者の前に、舞台の小さなバレエ団としてくりひろげられるのではなく、すぐま近にあって、激しく襲いかかり、呑みこんでしまう。だから作者は女性に気づかれる前に、いち早く書いたわけだ。美しいブロンドのスウェーデン女性、アニー・Dの言葉。

「品よく身を与えるためには愛さなくてはならないわ」

作者がこの仕事にすっかり巻きこまれたように思われる一瞬こそ見ものなのだ。バロックの時代には、手をとり合った聖者たちが烈風のなかに立ち上がり、強固なかたまりのような本性を見せたものだが、この本が半ばと終わりちかくに、先立つところを救うため馳せのぼる虚空は、確固としており、この上なく澄みきっている。

作者は女性たちのために書いたが、女性たちがそれに気がつくかどうかは、むろん断言できない。しかし、彼女たちが読みはじめるやいなや、当然あるべきことのようにして、わが手に告解用の一覧を、それもとりわけ正直なのを持っているような気がするとしたら、それで十分であり、十分以上のことではあるまいか。というのは仮に告解と言うなら、それはなじみのない家具において、なじみのない足元に立ち、おぼろげな光のもとに生じるものなのだから。その光がまわりのすべてを、これにせよあれにせよ未来と過去に及んで半ばあやしくさせ、おのずから問われたり答えたりの肯定と否定もまた半ば偽りになるしかない。とくに正直であろうとすると、よけいにそうなるわけだ。それにしても、なじみの夜半の明かりのなか、ベッドのすぐわきでささやき交わされる（燃えているのだから、ささやかねば）、その貴重な描写のなんと印象深いことだろう！

（フランツ・ブライ『化粧用パフ』書評。ハンス・フォン・ヴェーバー書店刊）

祈る人との対話

ひところ、わたしは毎日、ある教会へ通っていた。惚れこんでいた娘が夕方になると、ひざまずいて三十分ばかり祈りに来ていて、こころゆくまでそっとながめていられたからだ。

あるとき、娘が来ないことがあって、しぶしぶながら祈る人々をながめていたとき、若い男が目にとまった。ひどく瘦せたからだを床に投げ出している。ときおり全身の力をこめて自分の頭蓋骨を、石の床にひろげた両の掌めがけて打ちつけるのだった。

教会には何人かの年とった女たちがいるだけで、ときおり顔を傾け、首をねじるようにして、その祈る男を見やっていた。男は注目をあびるのがうれしいらしく、敬虔な祈りの動作のあいまに目を光らせて、見物人の多寡をうかがっていた。けしからぬことだとわたしは思った。教会から出てくるのを待って声をかけ、どうしてそのような祈り方をするのか問いただすことにした。娘が来なかったので腹を立てていたのである。

ようやく一時間ほどして彼は立ち上がった。入念に十字を切ると、ぎくしゃくした歩き方で出口の聖水盤に向かった。わたしは聖水盤と扉のあいだに待機していて、説明を聞かないでは通さない気持でいた。何か断乎とした調子で話したいとき、いつもそうなるのだが、口がひきつれてくる。右足を踏み出し、左足はつま先をそえるだけにしていた。そうすると自信がつくのだ。

その男が聖水で顔をぬらした際、横目でわたしを見ていたとも考えられる。あるいはその前から気がついて用心していたのかもしれない。というのは、やにわに走り出し、外にとび出した。扉が閉まった。わたしはすぐさまあとにつづいたが、すぐに見失った。何本かの細い通りにつづいていて、人通りが多いからだ。

つづく数日、その男は見かけなかった。わが意中の娘はやってきた。黒い服を着ており、肩のところに透けたレースがついていて――下着のはしの半月形がのぞいていた――レースのふちから形のよい絹のフリルがつづいている。その娘が来たので、わたしは若い男のことは忘れてしまった。男はやがて規則的に姿を見せるようになり、例のやり方で祈っていたが、わたしは、べつに気にしなくなった。男のほうが、わたしのそばにくると速足で通りすぎ、顔をそむけていた。立っているときも忍び歩いているような気がしたのは、いつも動いている姿でしか想像できなかったせいだろう。

あるとき、わたしは部屋でグズグズしていた。それでも教会へ出かけていった。娘はもう見あたらず、それで帰ろうとしたところ、あの若い男がいた。あらためて以前のことを思い出し、興味をそそられた。

そっと扉へ急いだ。戸口にすわっていた盲目の乞食に小銭を握らせ、かたわらにからだをくっつけて開いた扉のうしろに隠れた。そのまま一時間ばかり待っていた。きっとそのとき、謀みをもった顔つきをしていたのではあるまいか。そこはけっこう快適で、これからも来ようと心に決めた。二時間後には、祈る男のためにこんなところにすわっているのは無意味だと思った。三時間すると腹立たしくてならず、クモが服の上を這っていた。おしまいの人たちが大きく深呼吸をしながら教会の暗闇から出てきた。

そこに彼もいた。用心深い歩き方で、まず軽く床にすべらせてから足を出す。

わたしは立ち上がった。大股で、一直線に前へ出て、若い男をつかまえた。

「こんばんは」

言うなり、相手の襟首を取り、階段の下の明かりのともった広場へ突き出すようにした。

広場に出ると、彼はなんとも気弱そうな声で言った。

「こんばんは、お願いです、手荒くしないでください、おとなしくしています」

「結構だ」

と、わたしは言った。

「少したずねたいことがありましてね。この前は逃げられたが、今日はそうはさせませんよ」

「わかってください、帰らせてください、哀れな人間でして、それだけなんです」

「ダメだ」

おりしもやってきた市電の轟音のなかで、わたしは大声を出した。

「放免しない。まさにいまの言い草が気に入った。幸運の獲物だ。してやったりだ」

すると彼は言った。

「やれやれ、心は生きものでも、頭は石ってわけですか。幸運の獲物だとおっしゃる、あなたには幸運でしょうとも！　でも、わたしの不運はゆらいでいる不運でして、細い先っぽの上でゆらいでいる。うっかり触れると、問いただす人の上に落っこちますよ。では、おやすみ」

「わかった」

と、わたしは言って、相手の右手をしっかりとつかんだ。

「答えないなら、いまここで、わめき立ててやる。仕事が終わって店を出てきた娘たちや、それを待っている恋人連中が駆けつけてくる。辻馬車の馬がぶっ倒れたとか、そんなことを期待してだ。そしたら、きみをみんなに曝しものにするからね」

すると男は泣きながら、わたしの両手に代わるがわるキスをした。

「きかれたら何だって答えます。お願いだから、路地に入らせてください」

わたしは承知して路地に入った。

狭い道にはまばらに黄色い街灯がともっているだけだったが、彼はその暗さでも満足せず、古い建物の天井の低い玄関先にわたしをつれていった。木の階段の前に水滴のように小さなランプが下がっていた。

やおら男はもったいぶってハンカチを取り出すと、階段にひろげながら言った。

「どうぞ、おすわりください。このほうが、たずねやすいでしょう。わたしは立ったままでいます、そのほうが答えやすいのです。でも、いじめないでください」

わたしは腰を据え、目を細めて相手を見あげた。

「まったく、きわめつきのバカだなあ！　教会で何てことをやっているんだ！　見せられている者の身になってみろ、腹が立つ、不愉快だ。おちおち祈ってもいられない」

男は壁にぴったりからだを押しつけて、首だけクネクネと動かした。

「怒らないでください――自分と関係のないことに、どうして腹を立てるのですか。ぶざまなことをやらかすと、自分で自分に腹が立ちます。ほかの人がやらかすと、そのときはうれしい。他人に見られるのが、わたしの人生の目的だと言っても、どうか腹を立てないでいただきたい」

「なんてことを言うんだ」

天井の低いところで、わたしは思わず大声をあげた。するとこんどは声を落とすのが恐くなってきた。

「まったく、なんてことを言う。そうとも。わかっていた、はじめて見たときからわかっていた、きみがどんな状態だってことはね。ワケ知りなんだからね。陸《おか》の上の船酔いだと言ったからって冗談のつもりはない。それはつまり、ものごとの本当の名前をきみが忘れたってこと、いまになってあわてて、手あたりしだいの名前をふりまいている、ソラ、ソラってぐあいにね！　そのくせそこから離れると、すぐにまた名前を忘れている。野原のポプラを、きみは《バベルの塔》なんて名づけたんだろう。それというのも、それがポプラだってことを知らないか、あるいは知りたくないからだ。すぐにあやふやになって、《酔っぱらいのノア》

なんて言いだすんだ」

相手のひとことに、わたしは少しうろたえた。

「うれしいことに、おっしゃることがさっぱりわかりません」

わたしはカッとして早口になった。

「うれしいということは、つまりわかっていることだ」

「うれしいふりをしただけです。やはりへんな話じゃないですか」

わたしは両手を上の段に置いて寄りかかり、リングのレスラーがのっぴきならないときによくやる姿勢で言い返した。

「自分がそうだと他人もそうだと決めつけて、へんな手を考えるんだな。自分のことだのに、それを他人に押しつける」

すると相手は元気になった。

両手を組み合わせ、からだをきちんと据え直すと、少ししぶりかげんに口をひらいた。

「ちがいます、みんなに逆らうためにしているんじゃありません。たとえば、あなたに逆らうためじゃない、そんなことはできっこない。でも、それができたらうれしいだろう。なぜって、そのときにはもう教会にいる人々の注目をあびなくていい。どうしてそれがなくてはならないのか、おわかりですか？」

この質問には、お手上げだった。なるほど、わたしはそれを知らなかったし、知りたいとも思っていなかったような気がする。こんなところに来たくもなかったんだと、そのとき呟いた。何が何でも聞かそうとする。だからわたしは、そんなことは知らないと伝えるために首を振るだけでよかったのだが、金縛りにあったように首を動かすことができない。

目の前の男は薄笑いを浮かべていた。それから膝をつき、半眠りのような表情で口をきった。

「自分の人生に納得したなんて時はいちどもなかった。つまり、まわりのものに対して、何ともたよりない思いしかなくて、そのものたちはかつて生きていたにせよ、いまはもう沈んでいくさなかのような気がしてならない。いいですか、あなた、いつもわたしは、自分に見える以前の、そのものたちがあったはずの本来の姿で見たくてしようがないのですね。きっとそうにちがいない。というのは、ものについて人々がよくそんなふうに話していますからね」

わたしは黙っていた。ただ思わず顔がひきつれたので、不快がっていることがつたわったらしく、男が言った。

「人々がそんなふうに話しているとは思わないのですか？」

うなずかなくてはならないと思ったが、やはり動きがとれない。

「ほんとうにそう思わないのですか？　では、もう少し話しましょう。子供のころ、少し昼寝をして目をあけたとき、まだ寝とぼけた耳に、母の声が聞こえました、バルコニーから、いつもの口調で下の人にたずねたのですね。《こんなに暑いのに、そこで何をしてらっしゃるの？》庭から女の人の声がしました。《外でお昼にしたの》どちらも何てこともなく話していました。どちらも思っていたとおりのように、ごくふつうの声でした」

自分が問われたように思って、わたしはおしりのポケットに手をのばした。何か探しているふりをしただけで、何も探していなかった。こんな対話に関心をもっていることを示すために、何かしぐさをしたかっただけなのだ。ついてはその事柄がとても奇妙で、到底わかりっこないと言った。さらに加えて、ほんとうのことだとは信じられないし、自分には見通しのつかない目的のために、捏造されたにちがいないと述べた。それから目を閉じたのは、目が痛かったからだ。

「同意いただいてありがたいです。わたしにそのことを伝えるために、あなたはわたしを引きとめたのであって、利己心ではなかったのですね。

そうでしょう、どうしてわたしは――あるいは、わたしたちは――通りを重々しく、傲然と歩かないことを、ステッキで舗道をたたいたりしないことを、あるいはにぎやかに通りすぎていく人々の服に触れたりしないことを恥じなくてはならないのでしょう。むしろ当然の権利として大いに嘆いてもいいのではありませんか、つまり、尖った肩の影法師のように家並みに沿って跳びはねたあげく、ときおりショーウィンドウの窓ガラスのなかへ消えてしまうことをですね。

なんという日々を過ごしていることでしょう！　すべてがひどいつくりで、ときおり高い建物が、外には何の兆しもなかったのに崩れ落ちる。するとわたしは瓦礫の山によじ登り、出くわす人ごとに声をかけます、《どうしてこんなことが起こるのでしょう！　わたしたちの町中で――新しい家が――今日もう五軒目だ――どういうことです》誰もわたしに答えてくれない。

しばしば通りで人が倒れ、死んだまま横たわっている。すると商店の人たちが商品をぶら下げたドアをあけ、そろそろと寄っていき、とある家へ死体を運びこむ。出てくると、目や口元に笑いを浮かべて、おしゃべりをする。《こんにちは――上天気だね――スカーフがよく売れますよ――そう、戦争だ》わたしは家にとびこんで、指を曲げ、その手をおそるおそる持ち上げてから、やっと管理人の小窓をたたきますね。《ねえ、そうでしょう》と、にこやかに声をかけます。《死人がここに運びこまれた。お願いです、死人を見せてください》相手が曖昧に首を振ると、わたしは断乎として言いますよ、《キミ、こちらは秘密警察だ。直ちに死者を見せろ》《死者ですって》こんどは相手がたずねますね、気を悪くしたみたいです、《とんでもない、死者などいない。ちゃんとした家《うち》ですからね》わたしは挨拶して立ち去るのです。

それから大きな広場を横切らなくてはならないとなると、何もかもすっかり忘れてしまいます。この大冒険に当惑して、よく思うのですね。《高慢ちきから、こんな大広場をつくるんだったら、どうして横切るための石の手すりをつけなかったのだろう。今日は南西の風が吹き、広場の空気は高揚している。市庁舎の塔の尖った先端が小さな円を描いている。どうしてこのざわめきを鎮めないのだろう？　窓わくがしきりに音を立て、街灯の柱が竹のようにしなっている。柱の上の聖母マリアの外套がねじれ、いまにも突風がひっさらっていく。誰も見ていないのか？　敷き石の上を往きかいするはずの紳士淑女たちが漂っている。風がやむと立ったままで、少し言葉を交わし、別れのお辞儀をする。突風が吹くと、こらえきれず、みんなが同時に足を上げる。なるほど、帽子はしっかりおさえていなくてはならないが、しかし、まるでおだやかな天気であるかのように、その目はおもしろそうにながめている。恐がっているのは、わたしだけだ》――」

さんざ痛めつけられて、わたしは言った。

「さっき話に出たお母さんと庭の婦人とのことは、ちっとも奇妙だとは思いませんね。たくさんそんな話を聞いてきたし、体験したからだけでなく、かなりの場合、自分もかかわっていましたからね。そういうことは、ごく自然なんです。自分がバルコニーにいたとしたら、同じことは言えなかったとおっしゃるのですか？　庭からそんなふうに返答できなかったと思いますか？　よくあることじゃないですか！」

わたしがそう言ったとき、彼はとても幸せそうだった。服の着こなしがいい、首のリボンが気に入ったと言った。さらに、わたしの肌がきれいだと言い、告白は取り消されるとき、もっともはっきりすると言った。

酔っぱらいとの対話

戸口からよろめきながら出てくると、月と星と巨大な丸みをもった空が、また市庁舎とマリアの柱像と教会をもったリング広場が襲いかかってきた。

わたしはゆっくりと影を出て月光の中へ入っていった。外套のボタンを外して、からだをこすった。それから両手をもち上げて夜のざわめきをしずめ、おもむろに考察をはじめた。

「きみたちは実在するかのふりをしているが、それはどういうことだ？　わたしは実在せず、緑の舗石にへんなぐあいに立っているのを、きみたちはわたしに納得させたいのか？　だが、おまえ、天空よ、おまえが実在したのは、はるか昔のことだし、またおまえ、リング広場よ、おまえは実在したためしがない」

「たしかにいつもきみたちは、わたしに対して勝ち誇っている。だが、しょせんわたしが、おまえたちに手出しをしないからのこと」

「ありがたい、月よ、おまえはもはや月ではない。しかし、月と称されるおまえを、いぜんとして月とよびつづけるのは、わが怠慢というものではあるまいか。おまえを《へんてこな色をした紙の明かりの忘れ物》と名づけると、おまえはもう皓々《こうこう》と照らさないのはどうしてだ？　《マリアの柱像》とよぶと、ほとんどあとずさりするのは、なぜなんだ？　それからマリアの柱像よ、おまえを《黄色い光を投げかける月》と名づけると、おまえはすっかり威光を失ってしまうではないか」

「考察されるのは、どうやらおまえたちには不本意らしい。みるからに元気がなくなり衰える」

「まったくのところ、酔っぱらいからはいろいろ学べる。すこぶる役に立つものですぞ！」

「どうしてしんとしてしまったのだ。もう風も吹かないではないか。おりおり小さな家々は小さな車のように広場をころがりまわっているものだが、そいつがきちんと並んでいやがる——静まり返って——おとなしい——いつもは地面から細くて黒い線をひいているのに、それが見えない」

それからわたしは走り出した。何に邪魔立てされることもなく大きな広場を三度まわったが、酔っぱらいに出くわさなかったので、そのままカール通りに向かった。速度をゆるめず、疲れも覚えない。影が何度も小さくなって、かたわらの壁沿いについてくる。壁にはさまれた切り通しにいるみたいだ。

消防の建物を通りすぎたとき、小リング通りからわめき声が聞こえてきた。そちらにまわりこむと、酔っぱらいが噴水の格子のそばで、両腕をまっすぐ横にのばし、木靴でやたらに足踏みしていた。

わたしはまず立ちどまり、呼吸をととのえた。それから酔っぱらいに近づき、シルクハットをとって自己紹介した。

「こんばんは、尊いおかた、わたくしは二十三歳ですが、いまだ名前がありません。でもあなたはびっくりするほどすてきな、音楽のような名前とともに、かの大いなる都パリから来られたのでしょう。フランスの美しき宮廷の、げに妙なる匂いからもわかります」

「さぞかしあなたはその赤らんだ目で、かの大いなる淑女たちをごらんになったであろう、ぴったり身についた衣服をつけ、からかうようにからだをよじりながら、ずっと上の明るいテラスに立っていて、スカートの裾は色あざやかな模様入り、それが階段からさらにつづいて庭の砂のところまでのびていた——ちがいますか、あちこちに長い棒が立ててあって、灰色の粋なフロックに白いズボンの召使たちが、その棒に脚をからませてのぼっている。上半身をそらしたり、傾けたりしながらですね。なぜって、紐を引っぱって、とてつもなく大きな灰色のスクリーンを張りめぐらさなくてはならない。淑女というものは、霧につつまれた朝がお好きですからね」

　酔っぱらいがゲップをしたので、わたしはギョッとして言った。

「そうなんでしょう、あなたはわれらがパリ、あの狂瀾の都、情熱の都から来られたのでしょう?」

　酔っぱらいはまたもやゲップをした。わたしはうろたえた。

「お目にかかれて光栄です」

　わたしはせわしなく指を動かして外套のボタンをとめ、それから熱烈かつ小声で言った。

「返答するに価しないとお考えのようですね。しかし、今日おたずねしないと、わたしは悲しい人生を送らなくちゃあならないのです」

「おたずねしますが、尊いおかた、よく人から聞くのです、パリには、きらびやかな衣服だけの人間がいて、玄関だけの家があるそうですが、ほんとうでしょうか。夏になるとパリの空はまっさおで、小さな白い雲だけがくっついていて、どの雲もハートの形をしているって、ほんとうですか?　大にぎわいの見世物小屋があって、入ってみると偉人や悪人や恋人の名前入りの札をつけた木が立てかけてあるだけだって言いますね」

「ほかにもあります！　まったくウソっぱちだと思うのです！」

「パリの通りは急に二つに分かれて、それで気味悪いって、ほんとうですか？　いつもきちんとしているとはかぎらないって、そりゃあ当然です！　ひとたび事故があると、野次馬がワッと押し寄せる、大都市におなじみのつま先立ちした歩き方で、わき道からやってくる。みんな好奇心につつまれているが、ガッカリするのも覚悟している。息づかいが荒く、小さな頭を突き出している。でも、からだが触れると、丁寧にお辞儀をして、詫びを言うってね。《失礼しました――わざとじゃないんです――この人ごみですから、ついうっかり――わたしはヘマな人間でして――まったくヘマなんです。名前は――名前はジェローム・ファロッシュ、カボタン通りに香辛料の店をもっています――明日、ごいっしょに昼食はいかがですか――家内もきっと大よろこびしますとも》そんなふうに話しますね。その間にも通りはざわめき合っていて、煙突の煙が家々のあいだに流れてくる。そうなんでしょう。そんなときにも上品な界隈のにぎやかな大通りに二台の車がとまっている、なんてこともあるのでしょうか。召使がうやうやしくドアをあけると、八匹のシベリア・シェパードの純血種が躍り出てきて、とびはねて吠えながら、車道を走っていきます。ところが人が言うにはシェパードにあらず、パリの若いシャレ者たちの仮装だってね」

　酔っぱらいはじっと目を閉じていた。わたしが口をつぐむと、彼は両の手を口に入れて、下顎を引っぱるようなしぐさをした。服がひどく汚れていた。おそらく酒場からおっぽり出されたのだ。自分でもわかっていないようだった。

　予期したわけではないのに頭が首元に落ち、よく見つめないから気づかないのだが、すべてが静かに停止するのは、おそらく昼夜のあいだのこのようなちょっとした、とびきりやすらかな空白の時なのだろう。それは消えていくものだ。わたしたちはからだを曲げてひっそりと佇んでいる。まわりを見廻すが、もはや何も見ない、空気の抵抗すらも感じず、心の中では記憶にしがみついている。少し向こうに家々が並び、屋根があれば、幸いにも角ばった煙突もついていて、煙突を通って暗闇が家々に流れこみ、屋根裏から、ほかのいろんな部屋へとひろがっていくはずなのだ。明日にはまた一日があり、たとえ信じ難いことながら、すべてをまた目にできるとは、幸せなことなのだ。

　酔っぱらいが、やにわに眉をつり上げたので、眉毛と目のあいだが光って見えた。それからとぎれとぎれに釈明した。

「つまり、こうなんだ──つまり、眠いんだ。だからもどって眠るんだ──つまりヴェンツェル広場に義理の弟が住んでいる――そこへ行く、そこが住居で、寝るところがある――さあ、行くぞ――つまり義理の弟がなんて名前で、何番地だったか、知らないんだ――どうも忘れたらしい――かまうもんか、義理の弟がいたかどうかも知っちゃあいない――さあ、行くぞ――どうかね、見つけられるかね?」

わたしはすぐさま言った。

「大丈夫、大丈夫。あなたは遠方からおいでで、たまたまお伴がおそばにいない。では、代わりをつとめさせていただきましょう」

相手は答えなかった。つかまらせるために、わたしは腕を差し出した。

ブレシアの飛行機

われわれはやってきた。飛行場の前にも大きな空地があって、粗末な木造の建物が並んでいた。それぞれに似つかわしくない標識がついている。いわく、車庫、いわく、グランド・ビュッフェ・インターナショナル等々ときた。やたらに肥った乞食が小さな台車にすわっていて、おもらいの腕を差しつけてくる。急ぐあまり、その上を飛びこしていきたいと思ったほどだ。無数の人を追い抜き、また無数の人に追い抜かれた。われわれは上空を見上げていた。まさにそこが問題なのであって、ありがたいことに、飛行はまだだった！　車がきてもよけないが、轢かれもしない。数かぎりない車のあいだ、また車のうしろで馬に乗ったイタリア警官が動きまわっている。秩序もないかわりに事故も起きない。

前夜おそくブレシアに着いた。すぐにある通りへ向かう予定で、少し離れたところだと思っていた。駅者は三リラだと言い、われわれは二リラを申し出た。それならお断わりだと駅者は言い、ほんの親切心から、おそろしく遠い道のりを説明した。われわれは先ほどの申し出を恥ずかしく思い返して三リラで了承、馬車に乗りこんだ。短い通りを三度まがると、もう着いていた。われら三人のうち、もっとも元気なオトーが息まいた。ほんの一分間の距離に三リラとは承知できない。一リラで御《おん》の字だ。さあ、一リラだ。あたりは夜の闇、小路に人かげなく、馭者は強硬、一時間でもかけ合いかねない勢いである。何だって――こいつは詐欺だ――何を考えている――三リラの約束だ。三リラを払ってもらおう。さもないとタダではおかぬ。オトーいわく、《料金表を見せろ、さもなくば警察だ！》なんだ、料金表？――そんなものがどこにある！――夜の馬車は口約束で走る。あと二リラ寄こせ。さもないと降ろさない。オトーはゆずらない。《料金表、さもなくば警察！》さらに何度かわめき返しがあってからゴソゴソさがし、料金表があらわれたが、まっ黒に汚れていて、何も読めない。一リラ五十でまとまった。馭者は車をまわせないような狭い通りの奥へ入っていく。腹立ちまぎれだけではなく、悲しみのせいにも思えた。イタリアではこんなふうにするべきではないのだ。ほかの国では正当でも、ここではいけない。せっぱつまっているときに、どうしてそこまで考えが及ぶだろう！　嘆く必要はない。ほんの一週間でイタリア人になれはしない。

クヨクヨしてもはじまらない。それに飛行場にはよろこびが待っている。またも後悔がもどってくるのを振りすてて飛行場へとびこんでいく。三人それぞれ、イタリアの太陽の下で、やにわに期待にせかれて駆け出した。

格納庫が並んだ前を通っていった。カーテンが引いてあって、旅廻りの一座の舞台に幕が下りているのと似ている。軒のところに飛行家の名前が見えた。いろいろの飛行機が納まっていて、上に国籍を示す旗がひるがえっていた。名前は順に、コビアンキ、カーニョ、カルデラーラ、ルジエ、カーティス、モンシェ（トレントの人で、イタリアの旗をつけていた。オーストリア国旗より親しいからだ）、アンツァーニ、さらにローマ飛行家倶楽部。ブレリオはどうした？　われわれはたずねた。有名なブレリオのことを思っていた。ブレリオはどこだ？

格納庫の前方の柵に囲まれたところで、ルジエがシャツの腕をまくり上げて立ち働いていた。小柄で、鼻が大きい。機敏に動きまわっているが、何をしているのかよくわからない。せわしなく手をクネクネさせながら腕をつき出し、歩きながらしきりに何であれ触ってみる。助手たちを格納庫のカーテンの裏へ走らせ、呼びもどし、全員を追い立てながら自分も入っていった。少し離れたところにルジエ夫人がいた。からだにぴったりの白い服、小さな黒い帽子を深くかぶって髪をおさえつけている。短いスカート、脚を軽く交叉させ、じりじり照りつける遠くをながめていた。小さな頭に商売の思惑をたっぷりと持ったセールスウーマンである。

隣の格納庫にはカーティスがひとりだけいた。カーテンが少し開いていて、飛行機が見えた。人から聞いたよりも大きかった。われわれが通り過ぎるとき、カーティスはニューヨーク・ヘラルド新聞を高々とかざして、ある頁の上のところを読んでいた。三十分ばかりしてまた通りかかると、まん中のあたりにかかっていた。さらにまた三十分して通り過ぎると、その頁を読み終えて、新しい頁に移っていた。あきらかに今日は飛行の予定がないのである。

われわれは身を転じて広野に目をやった。とてつもなく広大で、そこにあるものすべてが悄然として見えた。すぐ近くに目標柱があり、遠くに信号柱があった。右手のかなたにスタート台、委員会の自動車が黄色い旗を風になびかせながら弧を描いて走り、みずから巻き上げた砂埃りのなかに停車したかと思うと、ふたたび走り出した。

ほとんど熱帯といっていい土地に人工の広野がつくられたぐあいである。イタリアの貴族、パリからの華やかな女性たち、さらに何千人もが、ここで何時間も目を細め、じりじり照らされた広野を見つめている。スポーツの催しにおなじみのものが一つもない。競馬の美しい柵、テニスコートの白い線、サッカーのあざやかな芝生、自動車や自転車競走のための石づくりの設備、そういった一切が欠けている。午後のあいだ二度か三度、騎馬の一隊が空地を横切っていくだけで、馬の脚は砂埃りに隠れている。午後のあいだ二度か三度、騎馬の一隊が空地を横切っていくだけで、馬の脚は砂埃りに隠れている。同じ陽光が変わることなく午後おそくまで降りそそぐ。この平地の見晴らしを損なわないようにか、音楽すらもない。安い大衆席では口笛がとびかい、それが耳をくすぐって、待ち遠しさをまぎらす。われわれの背後は高級席だったが、そこの人々も、いつしかひとけない広大な平地と一つにとけ合っていた。

木の手すりのところに大勢の人がいた。《小さいねえ！》と、フランス人のグループが溜息をつくように言った。何だろう？　われわれは人ごみをかき分けて前へ出た。すぐ前の平地に本物の黄色っぽい色の小さな飛行機があって、飛行準備の最中だった。ブレリオの格納庫もあり、彼の弟子ルブランの格納庫もあった。自分たちでそこに建てたのだ。ブレリオはすぐにわかった。飛行機の二つの翼の一方にもたれて立っていた。モーターを整備している機械工たちの指先を、首をすくめて見つめていた。

助手の一人が一翼のプロペラにとりついた。勢いよく廻すと、ガクンと動いた。眠っている強者《つわもの》の息づかいのようなものが聞こえたが、プロペラはそれ以上は廻らない。もう一度やってみた。十度くり返した。プロペラはすぐにとまることもあれば、少しは廻ることもある。

モーターしだいなのだ。あらたに助手が加わった。働いている者よりも見物している方が疲れてくる。モーターのあちこちに油を差し、ネジをゆるめ、また締め直した。一人が格納庫に走り、べつの部品を持ってきた。それも合わない。とって返して、格納庫の床にしゃがみこみ、足でおさえ、ハンマーでたたいていた。ブレリオが機械工の一人に取ってかわり、機械工がルブランとかわった。一人がプロペラを廻し、また一人と交代した。モーターは無情である。いつも手助けのいる生徒のようだ。クラス中が手助けするのだが、やはりダメで、すぐにつっかえる。同じところでとまってしまう。しばらくブレリオは自分の席にじっとすわっていた。六人の助手がひしとまわりを取り囲んでいる。みなが夢見ているようだ。

見物客は息をついて、まわりを見廻してもいい。若いブレリオ夫人が二人の子供をつれ、母親らしいしぐさで歩いていく。夫が飛べないと、彼女には不都合だし、飛ぶとなると、不安が芽ばえる。彼女の美しい服は、当地の気候には少し厚ぼったすぎた。

またもやプロペラが廻された。さきほどより良くなったのか、それとも変わらないのか。やにわに轟音とともに動き出した。まるきりべつのモーターのようだ。四人の男が飛行機の後尾をおさえていた。風がないなか、廻転するプロペラが突風を起こして、男たちの作業用の上衣をなびかせていた。声は聞きとれず、ただプロペラの轟音だけが命令するようにとどろいている。八つの手が機体を離すと、飛行機はゆっくりと、まるで不器用な人が平土間を走るように滑走しはじめた。

どの飛行機も同じような行程があって、どれもやにわに発動をはじめる。そのたびに観客は高いところの麦ワラ椅子に上がり、両腕でバランスをとりながら、同時に期待や不安や喜びをあらわすことができる。中休みの時間にイタリア貴族の社交界が桟敷席で展開された。会釈をしたり、礼をしたり、声をかけ合ったり、抱擁したり。桟敷席への階段を上がったり下がったり忙しい。ラエティティア・サヴォイア・ボナパルト王女、ボルゲーゼ王女、中年の婦人の顔はブドウの房のような黒ずんだ黄色をしていて、モロシーニ伯爵夫人。マルチェッロ・ボルゲーゼはすべての淑女にやさしく、同時に冷たい。はなれていると人なつっこい顔に見えるが、近くで見ると口の上の頬は削いだようでそっけない。ガブリエーレ・ダヌンツィオは小柄で弱々しげで、委員会委員長のオルドフレディ伯爵の前では、気弱げに足踏みしているように見えた。桟敷席から手すりごしにプッチーニの特徴のある顔がのぞいていた。酒好きにおなじみの鼻をしている。

こういう名士は探せば見つかるだけで、いやでもいたるところに目につくのは、目下流行中のスラリとした女性たちである。すわるよりも歩くのがお好み。たしかにその服は、すわるようにはなっていない。どの顔もアジア風のヴェールをつけたように、そっと夕焼けを映していた。上半身にまとってダブついた服が、うしろからだと、おずおずとして見える。こんな女性がおずおずと現われると、なんと複雑な思いに駆られることだろう！　コルセットはずっと下にあって、手がとどかないばかり。ウェストが幅広に見えるのは、全体が細いからだ。腕の奥に抱きとめられたいのである。

これまではルブランの飛行があっただけだ。いまやブレリオが現われた。ヴェネツィアの大運河を飛んだ飛行機である。誰も口にしなかったが、みんな知っている。長い休憩のあと、ブレリオが空中にいる。翼の上にまっすぐのばした上半身が見えた。脚は機体の一部のように隠れている。太陽が傾きかけ、桟敷席の天蓋を通して飛行する翼が輝きを送ってくる。全員が上を見つめていた。心が一点に吸い寄せられていた。ブレリオは空中に小さな円を描いてから、ほとんどわれわれの真上に現われた。全員が仰むいて、単葉機のふるえを追っていた。ブレリオにとらえられ、こちらも上昇していく。いったい、どうなるか？　地上より二十メートルの虚空に、一人の男が木製の枠の中で、みずから引き受けた目に見えない危険にあがっている。下のわれわれはそり返り、腑抜けのように立って、その男を見つめている。

すべてが、こともなく進行した。信号柱によると、風向きも良好、カーティスがブレシアの大賞めざして飛び立つとのこと。いよいよか？　予告を待ちきれないかのようにカーティスのモーターがうなりをあげ、目をやったとき、すでに飛び立っていた。舞い上がるにつれ、前方の平地がひろがって、かなたの森をめざすのに応じて、森そのものが上昇するように見えた。ずっと森の上空を飛び廻っていたかと思うと、いちど消えた。目をこらしても森しか見えない。建物の背後のどことも知れぬところから最前と同じ高度で現われ、われわれに向かってくる。ついで上昇したので、複葉機の下の翼が影をおびて傾くのが見えた。下降にうつると、上の翼が陽光を受けて輝いた。信号柱のまわりを旋回して挨拶の轟音をふりまいてから、やってきたかなたへと向かい、みるまに小さな一点になった。飛行距離五十キロ、飛行時間四十九分二十四秒。ブレシアの大会の大賞を獲得。賞金三万リラ。完璧な飛行だった。しかし、完璧な行為というものは評価されない。完璧な行為は、とどのつまりは当然のことに思われ、べつに勇気がなくても出来ることに見えてくる。カーティスの一機がまだ森の上を飛びまわり、有名なカーティス夫人が夫の身を案じているさなかに、おおかたの見物客は、もう彼のことを忘れていた。口々に語り合っていたのは、カルデラーラが飛ばないのは残念至極といったこと（彼の飛行機は壊れてしまった）、ルジエがすでに二日にわたり、ライバルと競り合っていて一歩もひかないこと、イタリアの飛行船ゾディアク号が、いまだ飛来しないこと。カルデラーラの事故については、あれこれ取り沙汰されていて、ライト兄弟に劣らぬ空の英雄のために、国が援助の手を貸すべきだという。

カーティスはまだ飛行をつづけていたが、それに刺激されたように三つの格納庫でモーターがうなりはじめた。あちこちでいっせいに風と砂埃りが巻き起こった。二つの目では用が足せない。椅子の上に立って四方を見まわし、よろけて誰かの肩につかまり、詫びているときに隣がよろけてきて、礼を述べたりする。イタリアの秋は日暮れが早い。平地はすでにボンヤリとかすんでいた。

カーティスが大飛行を終えてもどってきた。顔を据えたまま少しほほえんで帽子を取った。このときブレリオは予想にたがわず、小旋回の妙技をはじめた！　カーティスに拍手すべきなのか、それともブレリオなのか。あるいはまた特大の飛行機で舞い上がったルジエなのか。ルジエは書き物机に向かっている人さながら操縦席にすわっていた。背中に小さな梯子がついていた。小旋回をしながら上昇して、ブレリオの上に出て、ブレリオが見上げている。ルジエは上昇しつづける。

帰りの車にありつくためには、切り上げどきが重要だ。いっせいに人が押し寄せてきた。すでに七時ちかくで、飛行はもはや練習用であって、公式の記録に数えられないことを、みんなよく知っている。飛行場の駐車場では、主人待ちをしている運転手や召使が、腰かけたまま上空のルジエを指さしていた。飛行場の前では、てんでんばらばらに集まった辻馬車の馭者たちが、やはりルジエを指さしていた。うしろの手すりまで人で埋まった三輛編成の電車は停車したままだ。これもルジエのせいである。われわれは幸運にも馬車をつかまえた。馭者はすぐ前にしゃがんでいる（馭者台というものがないのだ）。やっとわれを取りもどして帰路についた。マックスが適切な感想を述べた、この種の催しを、ここプラハでもできないものか。いや、すべきであろう。マックスの言うには、賞金つきでなくてもいいが、きちんと報酬を出せば、飛行家を呼び寄せるのは難しいことではなく、よろこんで来てくれるだろう。ことは簡単なのだ。目下のところ、ベルリンではライト兄弟が飛んでいる。ブレリオは近々、ウィーンで飛ぶ。ベルリンにはラタムもいる。プラハまで、ちょっとした寄り道を頼めばいい。マックスの意見を拝聴しながら、あとの二人は黙っていた。一つには疲れていたし、いま一つには異議を申し立てる筋合いがなかったからだ。道がひとうねりして、ルジエの飛行機が目に入った。さらに高度を上げており、星に向かっているかのようだ。すでに暮れかけた空に、その意思を示している。何度となく振り返った。ルジエはなおも上昇し、一方、われわれはまっしぐらにカンパーニャの野を下っていく。

ある青春小説

フェリクス・シュテルンハイム『若きオスヴァルトの物語』ヒュペーリオン出版、ハンス・フォン・ヴェーバー書店刊（ミュンヘン・一九一〇年）

意図はどうあれ、若い人を幸せにする本である。

書簡体をとったこの小説を読みはじめると、読者はたぶん、おのずと少し単純になる。それというのも頭を伏せて読みはじめるやいなや、終始変わらない一つの感情の流れにひたっており、成長のしようがないからだ。作者の弱点が、はやくもはじめのところで朝の光のようにはっきりするのも、読者の単純さのせいだろう。若きウェルテルの影をおびた語彙が、おさだまりの《甘い》や《気高い》で、耳もとを攻めてくる。無上のよろこびがくり返され、どこまでもつきそい、しばしば言葉だけにとどまって、死者のように頁を通り過ぎていく。

だが読者が親しんでくると、ある安全な場所を見つけるだろう。その足元は物語の土地に通じていて、ともにふるえ、やがてこの小説の書簡体が作者の必要をこえて、必然的な形式であることに気がつく。手紙という形式は、ある持続した状態にあって、そこに見舞う突然の変化を、その突発さをそのまま生かして描写できるのだ。一つの叫び声によってある持続した状態を知らせることができるし、しかもそののちも持続を損なわない。この形式はまた、こともなく発展をとめられる。というのは、主人公の高まりがわれわれを刺激するわけだが、当の主人公が手紙を書いているとき、あらゆる庇護を受けている。カーテンは下ろされているし、全身をゆったりさせて、彼はただ便箋にスラスラとペンを運ばせている。夜ふけに半眠りのなかでしるされるとき、その際、目を大きくみひらいていれば、それだけあとの眠りではしっかり閉じられるというものだ。二通の手紙がべつべつの相手宛に立てつづけに書かれ、第一の手紙の相手を思いながら二つ目の手紙を書いたりする。夕方の手紙、夜の手紙、朝の手紙があり、朝の顔にとって夜の顔はほとんど識別がつかず、夕方の顔にしげしげと見入ったりする。《いとしい、いとしいグレートヒェン！》といった言葉が、二つの長いつながりのあいだからそっと顔を出すと、とたんにつながりが仰天してあとずさりして、その言葉が自由気ままに振舞いだす。

われわれは名声や文学、音楽といったすべてを捨てて、この身一つであの夏の田舎にもどっていく。「オランダのように、細い、影をおびた小川が無数に走っている」、そんな野や牧草地のひろがるところ、健康な娘や可憐な子供や知恵深い女性に囲まれ、オスヴァルトが短いやりとりを交わしながらグレートヒェンに恋をする。このグレートヒェンは小説のいちばん深いところにいて、われわれはくり返し、そこに向かっていく。ときおりオスヴァルトの姿は消えるが、恋人は消えない。彼女のまわりの小さな社会が笑うだけで、まるで繁みを通してのように彼女の姿が見える。だが、その素朴な姿を目にするかしないうちに、すでにわれわれはあまりに身近にいて、そのためもはや見ることができない。身近に感じるやいなや、すでに引き離されていて、遠くに小さく映じるだけだ。

「白樺の手すりに彼女は頭を寄せていた。そのため月が顔半分を照らしていた」

この夏のよろこびを心に抱いて——それでなお言ったりできようか、さらには論証ができるだろうか。つまり、以後、この本が主人公とともに、愛や誠実、すべてよきものたちとともに破滅していって、ただ主人公の文学だけが勝ちどきを上げるということ。またしょせんはどうでもいいことなので、あえて問うまでもないということ。だから読者は読み終えそうになればなるほど、なおのことはじめの夏にもどりたがり、とどのつまり、自殺に向かう主人公は置いてきぼりにして、うれしくあの夏に立ちもどって、もはやそこから出ようとはしなくなる。

永の眠りについた雑誌

雑誌「ヒュペーリオン」は半ばやむなく、半ばみずからの意思で終了した。石板のように大きな白い十二冊が、いまや完結したわけだ。直接これを思い出させるのは一九一〇年と一九一一年度のヒュペーリオン年鑑のみ。人々は不快な死者をめぐる楽しい遺物のようにして、手に入れたがっている。名義はどうあれ実質的な編集者はフランツ・ブライだった。驚嘆すべき人物であって、多彩な才気のなせるところ、文学の奥まった繁みに踏みこみ、とはいえそこに安住せず、エネルギーを変容させて雑誌を創刊した。発行人はハンス・フォン・ヴェーバー、はじめはただ「ヒュペーリオン」を出すだけだったが、文学のわき道にこもっていないで、かつまた何でも屋の版元として羽ぶりをきかせようともせず、いまではすでに目的をわきまえた優れたドイツの出版社として根を下ろしている。

「ヒュペーリオン」創刊者の意図したのは、文学雑誌の空白をうめることだった。まず「パン」

誌が気づき、「インゼル」が埋めようとした空白であって、その後は見たところポッカリとあいていた。この着目に、すでに「ヒュペーリオン」の錯誤がはじまっていた。これほど高貴な誤りを犯した雑誌はついぞなかっただろう。「パン」は同時代の、いまだ知られざる大切な才能をつどわせ、鍛えることによって、当時のドイツにひろく、ふくよかに驚くべきものをゆきわたらせた。「インゼル」はそのようなたしかな必然性の欠けているところで、べつの、やや低次のもので成果を上げた。「ヒュペーリオン」は、その種のどちらも求めなかった。それは文学の辺境に住む人たちに、大きな、活気ある舞台を提供しようとした。しかし、彼らには舞台は似つかわしくないし、本質的にそういったものを願っていなかった。自分の本性を世間からへだてて保持している者たちは、定期的に雑誌に登場するとなると、それだけで損なわれずにはいないのだ。ほかの人にまじってある種舞台用の照明を受けているように感じずにいられないし、本来の自分とはちがうように見えてしまう。彼らはまた支援を必要とはしないのだ。というのは無理解に遭遇することがない。どこであれ愛がきっと彼らを見つける。力づけられる必要もない。生きつづけたければ、おのれを食とすればいいからだ。だからこの者たちを助けようとすれば、はやくも彼らを傷つけていることになり、舞台を与え、世に示し、援助するという、ほかの雑誌の可能性が「ヒュペーリオン」には拒まれていたのであれば、おのずから手痛い負の可能性も避けるわけにいかなかった。「ヒュペーリオン」に集まったような作品群は、いやでも、またいや応なくウソっぽいものを引き寄せてしまう。「ヒュペーリオン」には最良の文学と芸術が登場したが、完全な調和はなかったし、ほかの場では決して達成されない収穫があったというのでもない。こういった疑いはあれ、この二年間、「ヒュペーリオン」を愉しむさまたげにはならなかった。試みの魅惑がすべてを忘れさせたからである。いずれにせよ、こういった弱点が「ヒュペーリオン」そのものには命取りとなった。だからといってこの雑誌への思いが消えるわけではない。のちの世代に、これほどの意志と能力と犠牲、それに大きな惑溺をもって、同様の試みをはじめる者が出てくるとは思えないからだ。そのため「ヒュペーリオン」は忘れられることなく、すべての敵意から離れ、十年後、二十年後には書誌学の宝物となっている。すでにそれがはじまっているのである。

マックス・ブロート／フランツ・カフカ共著『リヒャルトとザームエル』第一章

『リヒャルトとザームエル――中央ヨーロッパを巡る小さな旅』というタイトルのもとに、性格のちがう親しい二人が同時に旅日記をつづっていって、ささやかな本をつくる。

ザームエルは世間なれのした青年で、ひろく知識を身につけ、人生や芸術にかかわるあらゆる事柄につき正確な判断が下せるよう、懸命につとめてきた。そのわりには味気ない人間にも、ペダンティックな人物にもならなかった。リヒャルトはとりわけて定まった関心の世界をもたず、謎めいた感情に、さらにそれ以上に自分の弱さに身をゆだねがちだが、そのときどきの狭い領域には、にわかに熱中したり、特異な独自性を発揮する。おかげで気まぐれな喜劇を演じなくていられる。職業は、ザームエルは芸術協会の秘書、リヒャルトは銀行員。リヒャルトには資産があり、ブラブラしているのができないたちなので職についている。ザームエルは勤務をもち（きちんと勤め、認められてもいる）、それによって生活している。

二人は学校仲間だが、このようなかなりの期間にわたる旅をともにするのは、これがはじめてである。それぞれ認め合っているが、たがいに不可解に思うこともある。いろいろな機会ごとに、魅力や反発を感じずにはいない。このような関係が、はじめは過ぎるほどの親密さに高まり、やがてミラノやパリといった危険な土地でのさまざまな体験ののち、双方に落ち着きをみせ、しっかりと根を下ろす。旅の成果として、二人はそれぞれの能力を、独自の新しい芸術的営みに生かしていくであろう。

男同士の友情関係に往々にして生じてくる微妙な変化を書きとめること、ともに旅した土地を、ときには矛盾をはらんだ二重の光で照らし出し、つねづね不当にも異国情緒だけで語られがちなところに新たな姿と意義を浮かび上がらせること、そこに当書の意味がある。

はじめの長い鉄道旅行（プラハ―チューリヒ）

ザームエル：一九一一年八月二十六日。午後一時二分発。

リヒャルト：ザームエルはおなじみのポケット版のカレンダーを取り出して、何やら短く書き入れている。それを見ていて、以前からの考えを思い出した。二人して一つの旅日記をつづるのはどうだろう。彼に話すと、はじめは拒否したが、つぎには同意した。どちらにも長々と講釈をした。どちらも聞き流したのだが、そんなことはかまわない。要は旅日記をつづることなのだ――彼はまたもやこちらのノートを笑っている。さもあろう、黒のクロス製で、新品、大型、ま四角ときている、生徒の宿題帳とそっくり。重いし、それに旅行のあいだポケットに入れていては邪魔っけなことは目に見えている。いずれにせよチューリヒで二人とも、実用的なのを見つけることができるだろう。彼は万年筆を持っており、ときおり拝借するつもり。

ザームエル：ある駅のこと、向かいの車輛に農婦たちが乗っていた。笑っている女の膝を枕に一人がうたたねをしていて、目を覚ますなり、こちらに手を振って、寝ぼけ眼でしなだれながら《おいでよ》。行けっこないことを知っていて、からかったらしい。隣の車室の女は髪が黒く、毅然としていて、身じろき一つしない。頭を大きくうしろにもたせかけ、窓わくごしに外を見つめている。デルポイ神殿の巫女《みこ》といったぐあい。

リヒャルト：農婦たちに対するザームエルの如才ない、わざとらしくてなれなれしい振舞いぶりが気に入らない。ほとんどおべっかをつかっている。列車が動き出しても、これ見よがしに微笑を浮かべ、帽子まで振っている――大げさだというのか?――ザームエルが最初の印象を読み上げてくれた。なかなかいい。農婦たちを、もっとちゃんと見ておくんだった――車掌がピルゼン駅での珈琲の注文を訊きにきた。この路線のおなじみ客ばかりと決めつけたような投げやりな訊き方。注文すると細い緑色の札を予約の数だけ車室のガラスにくっつけていく。ミスドロイでのやり方とそっくり。桟橋がなかったころ、沖合いの船から荷上げするのに必要なボートの数を、三色旗を立てて知らしていた。ザームエルはミスドロイをまるきり知らない。あのとき、いっしょに行けばよかった。あのときもよかったが、このたびはもっとすてきな旅になるだろう。それにしても速い列車だ、速すぎるほどだ。遠くへの旅心がみちみちてきた!――ミスドロイには五年前から荷上げの桟橋があるのに、なんと古くさい例を借りたものだ――ピルゼン駅のプラットホームで珈琲。緑の札は不用、そんなものがなくてもありつける。

ザームエル:プラットホームから見えたのだが、見知らぬ娘がわれわれの車室からこちらをながめている。あとで判明、名前はドーラ・リッペルト、美人、鼻が高く、胸ぐりの小さな白いレースのブラウス。この旅の最初の出来事。彼女の大きな帽子が紙に包まれたまま、網棚からわが頭上へ舞い落ちてきた――父親は士官、インスブルックへ転任、その家族のもとへ向かうところ。久しく会っていないとか。彼女はピルゼンで技術系の事務所に勤めている。一日中、仕事に追われているが、苦にならない、生活に満足している。勤め先ではあだ名がついていて、ヒヨッこ、ちびっこツバメ。男性ばかりで、いちばん年下。

「とてもたのしいところなの！」

更衣室で帽子をすり替えたり、十時のおやつのクロワッサンを釘づけにしたり、ペン軸をゴムで書類入れにくっつけたり。彼女の言う《とってもステキ》ないたずらに、われわれも一口のることにした。彼女が事務所の同僚に葉書を書く。

「困ったことに予言が当たってしまったのです。まちがった列車に乗ってしまって、いまチューリヒにいます。では、また」

葉書はわれわれが預って、チューリヒで投函する。彼女の期待に応え、「紳士」たるわれわれは勝手に書き加えたりしない。事務所では、むろん心配するだろう。電報を打ったり、ほかにも何やかや――彼女はワーグナーの崇拝者で、公演は欠かさず見にいく。

「こないだイゾルデを歌ったのが、このクルツって人」

ワーグナーとヴェーゼンドンクの往復書簡集を読んでいるところで、インスブルックへも持ってきた。ある人が彼女にピアノでパートを弾いてくれる。往復書簡集を貸してくれたのも、むろんその御仁である。惜しむらくは、彼女自身、ピアノの才がない。ライトモチーフをいくつか口ずさんだが、それでもうわかっていた――チョコレートの銀紙を集めている。それで錫箔の玉をつくり、いま持っている。ある女友達用というが、使い道は不明。葉巻のバンドも集めており、これで敷き物をつくる――最初のバイエルンの車掌がきっかけになり、士官の娘として、オーストリアの軍隊、ひいては軍隊一般につき、矛盾だらけの、へんてこな見解を断乎として披露した。すなわち、オーストリアの軍隊がたるんでいるだけでなく、ドイツ軍部も同様であり、軍隊すべてがそうだという。しかし、軍楽隊がやってくると、事務所の窓辺に駆け寄らないであろうか？　そんなことはしない由、また軍楽隊は軍隊に入らない。妹はちがっていて、インスブルックの士官集会所で、せっせとダンスをしている。こちらの姉は制服に惹かれない。士官は空気みたいなもの。一つには、彼女にピアノを指南している御仁の力による。一つにはフルト駅に着き、プラットホームを往きつ戻りつしているせいである。すわりづめで、たまに歩くと元気になる。てのひらで尻を撫でたりしている。リヒャルトが軍隊を弁護、大まじめである――彼女の口癖は《とってもステキ》――加速度〇・五――直ちに――発射――たるんどるぞ。

リヒャルト・ドーラ・Lは丸い頰、ブロンドのうぶ毛。しかし、まるで血のけがないので、それが赤味をおびるためには、長いこと両手にはさんでいなくてはならないだろう。コルセットがひどいので、ブラウスが胸のふちでクシャクシャになっており、目をそらしたくなるほどだ。

向かいにすわっていて隣でないのがありがたい。隣にすわった人とは、どうも話しにくい。たとえばザームエルは隣り合わせがすきで、いまもドーラの横でご満悦だ。こちらは隣にすわられると、聞き耳を立てられているような感じがする。隣人を見るためには、まず目をさし向けなくてはならない。とはいえ向かいにいると、とりわけ汽車が走っているとき、ドーラとザームエルのやりとりが聞こえない。いいことばかりというわけにいかない。ほんのときおりだが、並んだまま黙りこくっていることがあって、いいきみだ。むろん、こちらのせいじゃない。

大した娘である。音楽の才がある。彼女が何か口ずさむとき、ザームエルは皮肉っぽい笑いを浮かべている。たぶん、音程がくるっているのだ。だが、たとえそうだとしても、大きな町にひとり住まいしている娘が、こんなにたのしげに音楽に興味をもっているのは、やはり大したことではあるまいか？　借りているだけの部屋なのに、貸ピアノを入れたという。

思ってもみていただきたい。ピアノの運搬はとても手がかかる（強く、そして、ゆっくりと《フォルテ・エ・ピアーノ》！）、一家でとりかかっても大変なのに、か弱い娘がやってのけたのだ！　自立心と決断なくしてできないことなのだ！

家事のことをたずねた。二人の女友達と住んでいて、一人が夕方、食料品店で夕食用を仕入れてくる。たがいにいろんな話をして、よく笑う。明かりは石油ランプだと聞いて、奇妙だと思ったが、言わないでおいた。ひどい明かりが、さして気にならないのだろう。これだけ活発な娘なのだから、気になれば、すぐさま家主にねじこんだはずなのだ。

おしゃべりしているうちに彼女は小さなハンドバックの中身を見せる羽目になった。なかに薬瓶がまじっていて、何やら黄色いへんなものが入っている。それではじめてわかったが、彼女はまったく健康というわけではなく、長らく病床についていた。回復したのちも、いたって虚弱で、そのころは事務所長から（大事にされている証拠である）半日勤務をすすめられたこともある。いまはすっかりいいのだが、この鉄分の薬剤は服《の》みつづけなくてはならない。そんなものは窓から捨ててしまうがいいとすすめると、すぐに同意したが（ひどく苦いから）、しかし、わたしが前にかがみこみ、人体に対する自然療法の有効なことを理路整然と説きたてたのに、まじめにとろうとしないのである。彼女を助けたいため、少なくともこのわからずやの娘を薬害から守りたいため、せめてつかのまでも、この出会いを幸運な偶然と思わせるためだったが――笑ってばかりいるので、説くのはやめた。こちらが力説しているあいだ、ザームエルが首を振りつづけているのもシャクにさわった。腹の底はお見通しだ。彼は医者を信じており、自然療法はバカバカしいと思っている。理由だってお見通しだ。これまで医者にかかったことがなく、だからまじめにこういったことを考えてこなかった。たとえば、このおぞましい薬にしても自分と関連づけができない――この娘と二人きりだったら、きっと説得しただろう。もし、このことで自分がまちがっているとしたら、すべてにまちがっていることになる！

彼女の貧血の原因なら、はじめからわかっていた。事務所勤めのせいである。ほかのすべてと同様に、勤務生活を軽く受けとめることもできる（この娘は本心からそうとっており、とんでもないまちがいだ）。ほんとうのところは、この不幸な結果にあらわれていないだろうか⁉――それを言うこの自分がいい例なのだ。いまや若い娘が事務所にすわっていなくてはならない。そもそも女のスカートはそんな仕事に合っていない。何時間も固い椅子の上で、あちこち押されつづけて、スカートのいたるところが引っぱられている。しかも、この丸いお尻が重圧を受け、この胸が書き物机の角にぶつかる――大げさかな？――いずれにせよ、事務仕事の娘は、もの悲しい光景といわねばならない。

ザームエルは娘とすでにかなり親密になっていた。こちらはまるであずかり知らぬところだが、三人で食堂車へ出向く話までついていた。見知らぬ乗客のなかへ、われわれ三人は、ただならぬ仲をみせながら入っていった。友情を高めるためには、新しい場を用意すべきことがおわかりだろう。わたしは娘と隣り合わせすらいとわず、ワインを飲んだ。腕がふれ合った。同じ休暇のよろこびが、まさしく一体の家族を生み出した。

このザームエルときたら、彼女がいやがり、おりしも降り出した雨を引き合いに出したにもかかわらず、ミュンヘンでの三十分待ちのあいだに車でのミュンヘン観光を決めてしまった。彼が車をよびにいったあいだ、駅のアーケードで、彼女はわが腕にすがりついた。

「おねがい、こんな観光はやめさせて。いっしょに行けない。問題外だわ。あなたは信頼できる人だから頼むの。あなたのお友達とは話ができない。ほんとにへんな人！」

——車が来たので乗りこんだ。なんとも居たたまれない。映画「白い女奴隷」を思い出した。純真な女主人公が駅の出口の暗闇で、見知らぬ男どもにより車に乗せられ、ひっさらわれた。いっぽう、ザームエルは上機嫌だった。大きな幌が邪魔をして、建物の二階がやっと見えるだけ。夜である。地下室からのぞいているようなもの。それをいいことに、ザームエルは邸や教会の高さにつき勝手に熱を上げている。ドーラはうしろの暗い座席で押し黙ったままであり、こちらは一波瀾を心配している。ザームエルもやっと気がついて、ありきたりの問いかけをした。

「怒っていらっしゃるのではないでしょうね、お嬢さん。わたしが何かひどいことをしましたか？　以下省略」

彼女は答えた。

「ここまで来たからには、お楽しみのお邪魔はいたしません。無理強いすべきじゃなかったのです。わたしが《イヤ》って言えば、理由あってのこと、こんなことは困ります」

「どうして？」

と、彼がたずねた。

「申し上げるまでもないこと、ご自分で判断してください。夜に男の人と車でうろつくなんて、娘のすることじゃありません。それに、もしわたしが婚約中の身だとしたら……」

われら両名は、それぞれが独自に、ワーグナーの御仁と関係があるとにらんだが、口には出さなかった。わたしはべつに負い目はなかったが、彼女のご機嫌とりにつとめ、ザームエルもこれまで高飛車にきたのを後悔しているらしく、ただドライブの話にかぎった。われわれにうながされて、運転手が見えもしない建物の名をあげていく。雨にぬれたアスファルトの上でタイヤが映写機の廻るような音をたて、またもや「白い女奴隷」のシーンが浮かんできた。雨にぬれた、長い、ひとけない、暗い通り。高級レストランとして名前だけ知っている《フォア・シーズン》の大きな窓が目にとびこんできた。カーテンが開けてあって、制服姿の給仕がテーブルのお歴々にお辞儀をしていた。記念碑があった。幸運にも閃いたので、二人して、かの有名なワーグナー記念像だと説明すると、彼女は興味を示した。雨のなかで水音をたてている噴水と自由の記念碑のあるところで、しばらく停車。イーザル川の橋。ただし川は見えない。イギリス庭園に沿って豪邸が並んでいる。ついでルートヴィヒ通り、テアティーナー教会、将軍会館、プショル醸造所。ミュンヘンは何度も来たことがあるのに、どれも識別がつかないのはどうしてだろう。さらにゼンドリング門。駅にきちんと着けるのか（とくにドーラのために）気をもんだが、メーターが示すとおり、ピタリ二十分、計ったように正確に町を一巡していた。

まるでミュンヘンの親戚のようにして、われらのドーラをインスブルック行の列車の車室まで同行した。われら以上に警戒を要するような黒服の女性がいて、夜のお守りを申し出た。それで気がついたが、われら両名には安心して娘をゆだねてよろしいのだ。

ザームエル・ドーラとの一件はみごとに失敗した。時がたつほど、ますます悪くなった。旅を中断してミュンヘン泊まりにするつもりだった。夕食まで、レーゲンスブルク駅あたりまでは、そんなふうになるものだと信じていた。リヒャルトにメモを渡して、その旨を伝えたのだが、読むけはいを見せず、隠すことばかり骨折っていた。とどのつまりはどうでもよくなった。あんな退屈な女はごめんこうむる。リヒャルトだけがお相手をして、もってまわった言い方でお愛想をしたりしていた。それで女は、なおのことバカに気取ってしまい、車の中ではお手上げだった。別れぎわは絵に描いたような悲劇の女性グレートヒェンというわけだ。リヒャルトはむろん、いそいそと荷物を運んでやって、身にあまる光栄のように振舞っていた。こちらは、なんとも間がもたないのだ。以上、簡潔に要約すると、ひとり旅をする女性、もしくは自立した女と見られたがっている女性は、突いてみたり引いてみたり、その間の混乱につけこむといったおなじみの、おそらくはもはや古びたコケットリーを使うべきではないのである。というのは、すっかり底が割れていて、おそらく当人が望んだ以上に剣突をくらうのがオチであるからだ——。

こんな清潔とはいい難い旅のかかわりのあと、駅で手と顔専用の洗面設備に対面できるとは、なんともうれしいことだった。《個室》のドアを開けてもらった。思ったほどきれいなしつらえではなかったし、こちらも時間がなく、服のまま狭いところで二つの洗面台のあいだでまごまごしていただけであるが、それでもなお、この帝国ドイツの施設には文明がある点で一致したのである。プラハでこの種のものに行きつくには、いろんな駅をくまなく探さなくてはならないだろう。

車室にもどった。リヒャルトはハラハラしていたが荷物に異状なし。リヒャルトはいつもの寝支度をはじめた。そなえつけの毛布を枕にして、インバネスを吊るして顔を隠すための天蓋となす。こと睡眠にかかわるとき、まるで他人に頓着しないところは大いによろしい。たとえばわたしが鉄道では眠れないことを知っていながら、訊きもしないで明かりを暗くしてしまう。同じ一つの車室であれ、自分に特別の権利があるかのように、堂々と横になって、まもなく安らかな眠りについた。こちらはただ不眠を嘆くのみ。

ほかに車室には二人の若いフランス人（ジュネーヴの高校生）がいた。黒い髪の一人は、のべつ笑っていた。リヒャルトのせいでろくにすわれない（それほど長々と横になっている）、そのことに笑い、リヒャルトが身を起こし、タバコを遠慮してくれないかと頼みこんだすきに、陣地を取りもどしたといって笑っている。こういったささやかな陣取り合戦は、異言語間においてはことさら謝したり、難じたりせず、沈黙のうちに、だからしていとも軽妙に行なわれるものなのだ――フランス人は夜の退屈しのぎに菓子の入ったブリキ缶をやりとりしたり、タバコをいじったり、ひっきりなしに通路に出ては、呼び返し合ったりしていた。リンダウ（彼らは《レンドー》と言った）でオーストリアの車掌がやってきたとき、あけっぴろげに、夜の時間におかまいなしに高い声で笑った。外国の車掌は実にどうもおかしいものので、われわれにはフルト駅でバイエルンの車掌が、大きな、まっ赤な鞄を膝下でぶらつかせながらやってきたときがそうだった――列車はボーデン湖わきを走っている。窓からの明かりが水に映ってキラキラ光っている。対岸にも遠くに明かり。学校で習った詩「ボーデン湖の騎士」を思い出し、たのしく記憶をよみがえらせていたところ――三人のスイス人が乗りこんできた。一人はタバコをプカプカふかす。二人がまもなく下車して、一人が残った。はじめは何でもなかったが、夜明けちかく、いかんなくみずからを知らしめた。リヒャルトと黒髪のフランス人とのあいだの陣取り合戦に終止符を打ったのである。双方をともに非として、両者の間に腰を据え、脚にストックをはさみ、明るくなるまでの時間をじっとすわりつづけていた。リヒャルトはすわっていても眠れることを証明した。

スイスでの驚きは、どの町、どの村であれ、鉄道に沿って個々の家が並び、そのため、とりわけ毅然として自立しているように見えることだ。ザンクト・ガレンでは小路といったものを形成していない。おそらくドイツ的な地方分権主義が――土地の制約もあってのことだが――、個々のケースとしてあらわれているのだろう。どの家も深緑の鎧戸、木組みや手すりにも緑色が多くて、別荘のおもむきがあるが、にもかかわらず店名を掲げており、それぞれが別個の店というわけだ。家族と商売の区別がないかに見える。こういった様式、別荘で商いをするやり方から、すぐさまローベルト・ヴァルザーの小説『店員』を思い出した。

八月二十七日、日曜日、朝五時。どの窓もしまったまま、誰もが眠りのなかにいる。われわれだけが列車に閉じこめられ、なけなしの汚れた空気を吸っているのに、外では大地が明けそめていく、と思えてならない。燃えるランプの下で夜行列車だけに許されている自然な見方というものだ。まず暗い山々にはじまり、山間の狭い谷に下りていって、われわれの列車にかぶさってくる。ついで天窓を通すようにして朝もやが白々と明るくなり、草地がやわらかな緑を見せる。かつて誰も触れたことがないように新鮮だ。その初々しい緑は、雨の少なかった今年だけに、なんとも驚きだ。やがて太陽が昇るにつれて草はゆっくりと色を失っていく――針葉樹は重たげに枝を足元まで垂れている。

こういった風景はスイスの画家の得意とするところであって、これまではてっきり様式化したものと考えていた。

子供をつれた母親がきれいな通りを朝の散歩に出かけていく。母親の手で育てられたゴットフリート・ケラーのことを思い出した。

牧草地はどこも念入りに柵がしてある。柵の色は灰色が多い。先端が鉛筆のように尖らせてあり、丸太を二つに割って尖らせたのもある。子供のとき、同じように鉛筆を二つに割って、中のシンを取り出したものだ。こんな柵は、はじめて見た。このようにどの国も日常のなかに目新しいことを見せてくれる。そんな印象を嬉々として追うあまり、珍しやかなものを見逃してはなるまい。

リヒャルト：夜明けのスイスは、おまかせにした。名の知れた橋のせいらしいが、ザームエルがわたしを起こした。目をやると、もう通過していた。こんなやり方でスイスを強く印象づける魂胆らしかった。それからずいぶん長い時間、ぼんやりした目で、ぼんやりした薄明かりをながめていた。

鉄道に乗っているとき、いつもそうだが、ゆうべはいつになく熟睡した。鉄道での睡眠は、まったくの純労働というものだ。からだを横たえ、最後に頭を据えて、しばらくは前戯としていろんな体位を試みる。たとえみんなが見ているなかでも、オーバーとか旅行帽で顔を隠し、まわりから自分を隔離する。からだの向きを変え、こうと決まったら、すみやかに眠りに入る。はじめは暗いほうが何かと助けになるが、あとはほとんど、どちらでもいい。まわりでおしゃべりしていてもかまわない。厳粛に眠りについた者は、おのずとある督促をなすもので、はなれたところでしゃべっていても、これには抵抗できないものである。それというのも車室ほど、生き方がさまざまに異なる人々が一堂に会しているところはないのであって、たえずたがいに観察し合っているうちに、短時間のあいだに相互に影響し合っているものなのだ。一人が眠ると、ほかの者もすぐに眠くなるわけではないが、ずっと静かになり、期せずしてタバコのことを思い出したりする。残念ながら、ゆうべがまさにそうであって、他人を寄せつけない夢うつつのなかで、したたかタバコの煙を吸いこむ羽目になった。

なぜ鉄道だとグッスリ眠れるのか、つぎのように言えるだろう。ふだんは過労からくる神経過敏のため音が気になって眠れない。神経過敏が自分のなかによびこむようなもので、夜には大きな建物はおのずとさまざまな音をたてるものだし、さらには遠くから近づいてくる車輪の音、酔っぱらいの喧嘩、階段の足音、そういったものが攻め立てる。腹立ちまぎれに、すべてをこれらの外的な音のせいにする——ところが鉄道では、車輛に働いている発条装置、車輪の摩擦、線路の継ぎ目、木やガラスや鉄でできたものの振動、いずれも走行中は一定のリズムをもっており、それが無類の安らぎに似た状態を生み出し、さながら健康そのものの人のように眠りにつけるというわけである。このような眠りはもちろん、汽笛や、速度の変化、あるいは眠っているあいだにも列車そのものとともに感じている駅の印象によって、すぐさま目覚めに移ってしまう。だから自分では通過するとは予期していなかった土地の名前が叫ばれるのを耳にしても、いぶかしいとは思わない。このたびでいうと、リンダウ、コンスタンツであり、ローマンスホルンなんて名も聞いたような気がする。しょせんはただ夢に見ただけのことで、何のいいこともなく、むしろ邪魔立てするだけだ。そんなときに目が覚めるとなると、その目覚めは汽車の眠りの本性に反するかのようで、なおのこと強烈である。目を開け、しばらく窓に向かう。あれこれ見るわけではない。見えるものは、夢見ている者のおぼろげな記憶がとらえたものだ。それでもはっきり言えるのだが、ヴュルテンベルク辺りのことだったと思う、それがヴュルテンベルク付近だったことははっきりわかっていたと思うのだが、夜中の二時に一人の男を見た。別荘のベランダに出て、手すりにもたれていた。うしろは明かりのついた仕事部屋で、ドアが半分開いていた。眠る前に頭を冷やすため、出てきたところだったのではなかろうか……リンダウの駅では到着と出発の際に、夜中にしきりに歌声がした。土曜から日曜日にかかる夜行列車には、夜の生活が眠りのなかで少しごたまぜになって集まっており、そのせいで眠りがとりわけ深く、外の騒ぎがとりわけうるさく思えるのだろう。曇った窓ガラスの前を車掌が何度も通るのを見た。誰を起こそうというのではなく、義務として、ひとけない駅で自分の義務として駅名の頭のところや、まん中を、むやみに大声で叫ぶのである。すると車室仲間が、その名前を組み立ててみたり、立ち上がって何度も拭いずみのガラスを通して駅名を読んでみたりする。わたしの頭はすでに木の背もたれに落ちていた。

わたしのように汽車でよく眠れるとすると——当人の言によると、ザームエルは目をパッチリあけたまま一夜を過ごしたとか——となれば目的地に着いてようやく目が覚めるべきなのだ。さもないと、ひと眠りしたあと目覚めてみれば、顔はむさくるしく、髪はしめり、右や左に乱れ、下着や服は二十四時間のすわりづめでたっぷり埃を吸いこんでいる。この身は車室の隅で丸くなっており、そんな状態でなおも乗りつづけなくてはならない。まだそれだけの力があればのことだが、先ほどの眠りを呪いたくもなる。ひそかにザームエルのような人間を羨むのだ。たぶん、ウトウトしたぐらいで、そのためなおさら自分に注意がいきとどき、走行自体をずっと意識していて、その気になれば眠れたのに、眠りを抑圧することにより、はっきりとした頭を持ちつづけていた。それが証拠に、こちらはこの朝、ザームエルの言うがままになっていたのである。

われわれは並んで窓ぎわに立っていた。わたしといえば、もっぱら彼のためにそうしていただけのこと。スイスに関して見るべきものをザームエルが指さし、わたしが見すごしたものについて語っている間、わたしはうなずき、彼の望みどおりの感嘆の声を上げていた。幸いにも彼はこちらのこんな状態に気づいていない。あるいは正しい判断がついていない。というのは、まさにこういうときにかぎり、本来そうであるべきときよりも、すこぶる好意的なのだ。だが、そのとき、わたしは本心からドーラ・リッペルト嬢のことを思い出していた。新しく結んだ知己に対して、とりわけそれが女性の場合、なかなか正しい判断が下せない。知己がまさに進行中のときは、むしろ自分を監視している。そのときには、なすべきことがいろいろとあるからで、だから彼女においても、ぼんやりと感じながら、すぐにまぎれてしまったことの滑稽なところだけに気がついていた。こんなふうに知り合った仲というものは、思い返すと、すこぶる麗しいかたちをとるものである。そこでは沈黙していて、それ自体の営みだけを追っていき、人そのものを忘れることによって知己にこだわらなくなるからだ。わたしが回想のなかのもっとも近い娘であるドーラを思い返したについては、さらにべつの理由があった。この朝、自分にはザームエルだけではもの足りなかったのだ。わが友として彼はいっしょの旅を望んだ。しかし、それは大したことではない。それはつまり、この旅のあいだずっと、かたわらに身なりをととのえた男がいるというだけのことで、そのからだは浴室で瞥見するのみ、しかもいささかも見たいなどと思わないのに、である。もし相手の胸に泣き崩れたくなれば、ザームエルはさぞかし胸を貸してくれるであろうが、その男らしい顔、少々ゆれている顎ひげ、嚙みしめられた口――もう切り上げよう――それらを目にして、はたして救いの涙が目に浮かぶものだろうか？

（つづく）

大騒音

わたしは自分の部屋、わが家の騒音本部にすわっている。どのドアからも開け閉めの音がとどろいて、その音にまぎれて往き来する足音が聞こえないだけ。台所の炉の口を開閉する音ものこらず聞こえる。わが部屋のドアからドアを、父上がパジャマの裾をひきずりながらお通りだ。隣室のストーブの灰を掻き出す音。妹のヴァリが控えの間ごしに一語一語はっきりと、父の帽子にすでにブラシをかけたかどうかをたずね、こちらをおもんぱかる「静かに」の声がして、むしろ返答がなおのこと高くなる。玄関のドアの把っ手を廻す音は、カタル性の喉とそっくりである。歌うような女の声とともドアが開き、つづいて重々しい、男性的な、情け容赦のない轟音とともにドアが閉まる。父上のお出かけである。そのあとはずっとやさしく、ずっととりとめのない、ずっと途方にくれる音。二羽のカナリアの声が先導役であって、その前から、すでに考えていたのだが、カナリアの声とともに、あらためて思うわけだ。

隙間ほどドアを開けて、蛇のように隣室へ入りこみ、床に這ったまま妹たちと女中に、静かにしておくれと頼むべきではあるまいか。

マトラルハザ便り

目下、マトラルハザで、アントン・ホルプによるカルパチア風景の小さな展覧会が開かれている。注目を集めており、また注目されてしかるべき催しだ。水彩画では、夕景の雰囲気と、陰をもった厳粛さを結び合わせた作品が優れている。陽光のさしこむ風景は、色調のあざやかさの一方で、ある重さをひきずっている。とりわけペン画がすばらしい。繊細な線、斬新な視点、また木版画風の、あるいは銅版画風の巧みな構図がみごとであって、賞讃に価する。忠実であれ個性的な絵が、ほかの何にもまして、山の美しさに目をひらいてくれる。このたびの催しをきっかけにして、いずれもっと大きな展覧会が実現し、より多くの人々の目に触れることを願ってやまない。

バケツの騎士

石炭が尽きた。バケツはからっぽ、シャベルはもはや無用の長物、ストーブは冷えきっており、部屋はこごえ、窓の外の木々は凍りついている。空は銀の楯をかざして、助けを求める者を撥《は》ねつける。石炭を手に入れなくてはならない。凍え死にしたくはないのである。うしろには無慈悲なストーブ、前の大空もまた無慈悲ときた。そのまん中の石炭屋が頼みの綱というものだ。並みの泣きごとでくどいても石炭屋は慣れっこで受けつけまい。手もとに石炭のひとかけらもなく、石炭屋のおまえさんが天空の太陽にもひとしいことを、きちんと納得させなくてはならない。喉をごろごろ鳴らして戸口で死にかかっている乞食がよかろう。ご領主さまの料理女も、ついほだされて珈琲の残り滓《かす》なりと口に入れてくれようという寸法だ。この伝でいけ。石炭屋はプリプリしながらも「汝、殺すなかれ！」の戒めを思い出して、シャベルでひとすくい、バケツに放りこんでくれようものだ。

いかなるふうに出かけるか、それが問題である。わたしはバケツにうちまたがる。バケツの騎士だ。手にはつるをつかみ、ハイヨーと手綱をしぼる。階段は一つ一つ踏みしめながら少々難儀して下りていったが、降り立ったとたん、わたしのバケツは宙をとんだ。いや、もう実にみごとなものだ。砂漠にうずくまっていたラクダが、ラクダ牽《ひ》きの棒でふるい立つとしても、これほどあざやかには、とてもいくまい。凍《い》てついた通りを跑足《だくあし》で進む。おりおり二階の高さまで舞い上がっても、戸口に落ちるようなへまはやらかさない。思うさま高々と飛んで、石炭屋の貯蔵倉の円屋根のところへやってきた。部屋の暖房がききすぎているのか、ドアがあけはなしてある。

「おやじ殿！」

叫んだが、吐く息につつまれ、寒さのあまり声までひび割れている。

「石炭屋のおやじ殿、ちと石炭をおくれでないか。バケツはとっくにからっぽ、馬乗りができるほどだ。心をかけておくれ。出来しだいにお代は払う」

石炭屋のおやじは耳に手をそえた。

「声がしたぞ」

肩ごしに女房を見返る。女房はストーブの前の長椅子にすわって編み物をしている。

「声がしたぞ。お客だ」

「お客なものかね」

女房は悠揚せまらず編み物をしている。背中がほこほこ暖かい。

「お客だ」

と、わたしは叫んだ。

「古なじみ、昔なじみの客だとも。ただ今のところ、懐にはカラっ風が吹いている」

「おい、おまえ」

石炭屋のおやじが言った。

「気のせいではないぞ、誰かがいる。古いおなじみさんだ。そうにちがいない。あの声は、ツンと胸にこたえる」

「おまえさん、どうしたっていうんだい」

女房は手をやすめ、編み物を胸に抱いた。

「誰もいないさ。通りには人っ子ひとり、いやしない。おなじみさんには、たっぷり配っておいたじゃないか。この数日は店を閉めて、骨休みしたっていいほどさ」

「ここにこうしてバケツに乗っておりますよ」

わたしは声をはり上げた。涙が出る。出るはなから凍りついて目がかすむ。

「どうか見上げておくれ。ここにいる。シャベルでひとすくい、石炭をいただきたい。二杯もすくっていただいたら天にも昇る。ほかの客には、たっぷり配ったそうじゃないか。このバケツが石炭を呑みこんでガラガラ音をたてるのを聞きたいものだ」

「はい、ただいま、少々お待ちを」

おやじは腰を上げ、短い足を地下室の階段にのせた。女房がさえぎって腕をとった。

「おまえさんはここにいな。どうしても出るというなら、あたしがいく。昨夜、ひどい咳をしてたじゃないか。あの苦しみをお忘れかい。空耳だろうがさ、商売のために妻子をうっちゃらかして肺をダメにしちまうおつもりか。あたしがいく」

「石炭は倉にいろいろとある。品物を言っておあげ。値段はこちらから教えるから」

「いいとも」

女房が通りへ出てきた。むろん、すぐさまこちらに気がついた。

「石炭屋のおかみさん」

わたしは声をかけた。

「お願いだ、シャベルでひとすくい、このバケツに入れておくれ。自分で家まで運んでいく。

お代は払うとも。今すぐというわけではないのだけれど」

《今すぐというわけではないのだけれど》のひとことが、陰気な鐘の音色のように尾を引いて、おりから鳴りはじめた教会の鐘とまじり合い、意味がもつれあって聞きとれない。

「どの品をご所望だね?」

おやじがどなった。

「なんにもいらないってさ」

女房がどなり返した。

「何でもありゃあしない。誰もいやあしない。誰の声も聞こえやしない。六時の鐘が鳴ったばかりさ。店を閉めよう。ずいぶんと冷えている。明日はまた忙しいだろうよ」

何も見ないし、誰の声も聞かなかったが、それでも女房はエプロンの紐をほどいた。そしてわたしを追い払うようにエプロンをはたいた。残念ながら、それで十分足りるのだ。わたしの愛馬は願ってもない上々吉の馬ながら、からきし踏んばる力がない。つまり軽いのだ。女がエプロンをはたくだけでフワフワと地面から舞い上がる。

「いんごう女め!」

振り返りざま、わたしはどなった。石炭屋の女房は店の方に向きなおり、半ばあなどりをこめ半ば満足げに、両手をパチンと打ち鳴らした。

「ごうつくばりめ！　一番安いのをシャベルでひとすくい、頼んだだけなのに」

そんなふうにわめきながら、わたしはしずしずと、二度とふたたびもどれない氷の山へと昇っていった。

『断食芸人』の読者のために

池内　紀

小説を書くのに、カフカはノートを用いた。はじめは同じノートが日記にも使われた。もともと日記にあてていたところへ、小説が割り込んできたこともある。

ノートは二種あって、ふつう「大学ノート」などとよばれる大判のものと、小学生などの使う小型のもの。それぞれケイが入っていたり、入っていなかったり、その点はまちまちである。

まずペンでノートに書く。執筆意欲が高まっているときは、文字が小さくて行がつまっている。意欲が衰えてくると、文字がゆるんだぐあいになり、行間があいてくる。行がつまっているあたりは、まったくといっていいほど直しがなく、改行もない。先へ先へと書いていったことが見てとれる。

行間があいてくると、訂正がまじってくる。何行かが斜線で消され、べつのかたちで書き直される。いくつか斜線の個所がつづくのは、書き悩んだところだろう。それが過ぎると、ふたたび行がつまって文字が小さくなる。執筆のリズムを取りもどしたわけだ。

はじめのころは大判のノートだけだった。そこに長篇『失踪者』や『審判』を書いていった。使っていたのが終わりにくると、新しいノートに移る。気持が高まっているのにノートの買い置きがなかったときは、べつの用にあてていた古いノートを使った。逆さまにして、うしろから書いていく。自分にわかってさえすればいいわけだから、べつにしるしをつけたりしない。

整理には、ノートのとじ糸を切ってバラバラにし、章ごとにひとまとめにする。役所勤めをしていたので、書類の整理には慣れていた。まとめた分に紙片をはさみ、心覚えのメモをつけておく。

あるころから小型のノートを、それもはっきり用途を意識して用いはじめた。長篇の『審判』を最終的に放棄して、しばらく空白がはさまったあと、短篇にとりかかったときである。一九一六年の年の瀬にちかいころ。このときカフカ、三十三歳。

長篇には大判ノート、短篇には小型のノート。紙のサイズに役割をわりふったぐあいである。この年の年末から翌一七年の春にかけて集中的に書いていった。いかにもカフカ独特の、風変わりな短篇集『田舎医者』は、小学生の学習用のようなノートから生まれた。

両親のもとではなく、このころはじめて自分の仕事部屋をもっていた。正確にいうと、一番下の妹が借りたもので、そこへ兄が押しかけてきた。

プラハの旧王城の一角にいまもあるが、「錬金術師通り」とよばれている。中世末期に錬金術師たちが住んでいたので、この名がついた。背の低い建物が長屋状にのび、それが小さく区切られている。その後は王宮の使用人や下っぱ役人が住んでいた。市中からだと徒歩約三十分。不便なので家賃が格安だった。

勤めを終えると、いちど両親のもとでひと眠りして、いっしょに夕食をとる。そのあと、母に夜食を包んでもらい、それをぶら下げ、王城の裏門につづく坂道をのぼっていく。錬金術師通りの建物は天井が低い。瘦せてヒョロリと背の高いカフカは、敷居でよく頭をぶつけたようだ。

プラハの冬は零下一〇度にもなる。高台にある王城界隈は、さらに冷えきっていた。おりしも第一次世界大戦のさなかであって、石炭がままならない。凍りついたような部屋のなかで、外套の襟を立て、足に毛布を巻きつけて机に向かった。そんななかから短篇があふれ出た。

短編集の二つ目に入っている「田舎医者」が、本自体のタイトルになった。もっとも長いし、また作者がそれなりの意味をこめてのことだろう。

田舎医者が吹雪のさなかに往診をたのまれる。出かけようにも馬がいない。女中のローザが近所をまわったが、誰も貸してくれない。あてもなく突っ立っていると、やにわに半ば壊れた豚小屋から、たくましい馬丁と馬が出てきた。

出だしからして奇妙だが、あとの経過はもっと奇妙だ。馬丁が叫んで手を打ち鳴らしたとたん、馬が走り出し、ほんの一瞬で患者宅に着いている。吹雪がやみ、白々とした月光の射しかけるなか、医者が患者と対面する。みたところ健康そうだが、毛布をはぐと脇腹の傷口があらわれた。

「腰のところに掌《てのひら》いっぱいほどの傷がパックリと口をあけている。薔薇《ローザ》色の大きな傷だ。その色が微妙に変化して中心部が黒ずんでおり、まわりにいくほど明るい。いろんな形の血の塊がこびりついている」

田舎医者には、たえず一つの思いがあった。自分の留守中、家に残してきた女中ローザが、馬丁に手ごめにされているのではあるまいか。色濃く性的イメージをこめてのことだろう、患者の脇腹の傷口を述べるのに、カフカは女中の名と同じ「薔薇色《ローザ》」をあてた。傷口そのものが女性器の描写とよく似ている。

小説全体が性と病、さらに死のイメージでつらぬかれている。書き上げたのは一九一七年一月半ばごろと思われる。そのあと友人たちに朗読した。

同年八月、カフカは喀血をした。

真夜中に目が覚めた。何やら喉をふさがれたようで息が苦しい。このころは錬金術師通りではなく、王城の下の古い建物の一室を借りていた。天井の低い三階で、日が当たらない。建てられてから何百年というもの、一筋の日光もあびてこなかった。

明かりをつけないまま洗面所へ行って、喉につかえたものを吐き出した。部屋にもどってからも口からあふれた。そのあと急に体がらくになって、久しぶりに熟睡した。

早朝、掃除の女がやってくる。血のとびちった部屋に入り、立ちつくした。それからじっとカフカの顔を見て、チェコ語で言ったそうだ。

「パーネ・ドクトレ（先生さん）、あなた、長くは生きませんよ」

その夜、二度目の喀血をみた。友人マックス・ブロートに打ち明けたのは一週間後のこと。専門医の検査を受けたところ、「二つの肺にまたがる結核」と診断された。発病がいつのことかはわからないが、凍りついた冬の夜の小説執筆と、その後の古い建物の生活が、急速に進行させたにちがいない。

友人ブロートに手紙で診断の結果を伝えたあと、つづいてカフカは述べている。

「例の『田舎医者』の中の薔薇の花を覚えているかい？」

血のこびりついた傷口の描写のあと、さらにつぎのように書かれていた。

「脇腹に咲いた薔薇色の花がおまえのいのち取り」

カフカはあきらかに友人の励ましよりも、自作の予見性を信頼していた。

『断食芸人』は、カフカ自身が本にした最後の短篇集である。厳密に言うと、死の前に校正刷りを見ただけ。刊行は一九二四年八月、そのとき作者は、もはや世を去っていた。

「この何十年間かの間に、断食芸人に対する関心がすっかり薄れてしまった」

本のタイトルにもなった作品は、こんな書き出し。不思議な芸人の物語だ。並んで入っている「最初の悩み」、あるいは『田舎医者』に収めた「天井桟敷で」「ある学会報告」もそうだが、「芸人物」というのにあたる。カフカはサーカスが好きで、一座がプラハに巡回してくると、いそいそと出かけていった。そんなときの体験を小説のモチーフにしたのだろう。

「黒いトリコット地のタイツをはいた断食芸人は、床にまき散らした藁の上にすわっていた」

実際にそんな芸人がいたようで、たいてい「骸骨男《がいこつ》」などと称していた。当時の写真があるが、黒いタイツに山高帽、まさしく骸骨のように痩せている。興行の仕方もカフカが書いているとおりで、檻のようなものに入っていて、まわりから見物できる。断食の日数を告げるプラカードが日ごとに替わり、その数によって人々の関心を高めていく。

ふつうサーカスは、通常の人間にはとてもできない芸当を見せて楽しませる。断食芸は、まるで逆であって、何もしない。通常の誰もがすること、食べることとすらしない。いかなることもしないのを売り物にする芸である。

「入れかわり立ちかわりやってくる見物人のほか、常時、見張りが詰めていた」

この点でもヘンテコな芸であって、当の芸人が何一つ口にしていないことを、いったい誰が保証するのか？　連日連夜、片ときも目をはなさず見張っていなくてはならず、そんなことは到底できっこないのである。断食が一点の疑いもなしに継続しているとは誰にも断言できない。

それができるのは皮肉なことに、ひとり断食芸人自身だけ。芸人物の物語が、やにわに「カフカの小説」になるのは、この一点だろう。

「彼だけが同時に心から満足をした見物人というものだった」

カフカがこれをノートに書いたのは、一九二一年末から二二年にかけてのこと。例によって、ほとんど直しがない。ベルリンの文芸誌に短篇を求められた際、タイプ原稿にして送った。略字で書いたところを正したほか、ここでも直しがほとんどない。ほんの少し改行をほどこしただけ。

そのころ、カフカは勤めをやめる手続きをしていた。休暇をとって保養につとめたが、はかばかしくない。結核患者は勤務先に居ずらいし、あまり長期の休暇も取りにくい。一九二二年七月、正式に労働者傷害保険協会を退職。

結核はそれなりに進行の兆しを見せていたが、それ自体はさほどのこともなかった。十四年あまりの勤務に対して年金がつく。節約すれば、それに多少の原稿料が入れば生活していける。そんな見通しを立てていた。

つまり、「断食芸人」を書いたころ、カフカはふつうに食べていた。二年後、結核菌が喉にひろがり、ほとんど何も食べられなくなった。二十世紀の小説のなかで、もっとも謎めいた一つではあるまいか。出版社から作者に校正刷りが送られたとき、食べられない人が食べない男の物語を読み返していた。食を拒まれた人が、食を拒む男の校正をしている。二年先に作者は、この上なく正確に自分の死に方を予告していたことになる。

小説では、断食興行は四十日と定まっていた。四十日程度だと人気を高めていけるが、それ以上になると、パタリと客足がとだえる。興行上の理由しか述べられていないが、カフカはもう一つの理由もひそませていただろう。ことさら触れるまでもなく、誰もが知っている。聖書のなかのとりわけよく知られた個所である。

「ここにイエス御霊《みたま》によりて荒野《あらの》に導かれ給ふ。悪魔に試みられんとするなり。四十日、四十夜断食して、後《のち》に飢ゑたまふ」

「マタイ伝」の一節。つづいて有名なセリフがくる。「人の生くるはパンのみに由《よ》るにあらず」

このイエス・キリストは、いわば断食芸人の元祖であって、身を捨て、食を断ち、みずからを浄化した。二十世紀の断食芸人は、そうではない。ただ人々から忘れられ、檻の中で藁にうもれていた。

「まだ断食しているのかね」

監督に問われた。いつになったらやめるのか。どうして断食しつづけるのだ？　そのとき相手が答えた。

「断食せずにいられなかっただけのこと。ほかに仕様がなかったもんでね」

作者自身が自問自答しているぐあいにも読める。いちど言葉をとぎらせたあと、作者はあらためて監督の耳元にささやかせた。

「自分に合った食べ物を見つけることができなかった」

もし、見つけていれば、ほかの人と同じように、たらふく食べていただろう――。

一九二四年五月、カフカはウィーン近郊キーアリングという村のサナトリウムに入院していた。ちょうど「断食芸人」の初校が届いたころだが、診断書が残されている。「喉頭部ニ結核ノ浸潤。一部、喉頭蓋ニモ認メラレル」。処方は一つだけで「該当部神経へのアルコール注射」。少なくとも当座の痛みはやわらげられる。

五月半ば、友人ブロートが見舞いに来た。講演でウィーンに来たにつき、ついでに立ち寄った、という名目にしていた。敏感な友人に用心してだろう。わざとウィーンに宿をとり、それからキーアリングへやってきた。

小説の主人公の最後の言葉は、まさに作者の言葉だった。「自分に合った食べ物」がない。おカユにしても喉を通らない。スープもダメ。わずかに少量のビールが喉をこしたが、お返しに灼けつくような渇きがくる。水すら飲めない。唇をしめすだけ。

喉の保護のために話すことを禁じられていたので、用件は小さな紙に書いた。その少しが残されている。「校正に際してのやりとり」と注のついている紙片。

「ここは、いま、何としても手を入れなくては」

べつの一つ。

「もう一度読み返したい。気持が乱れるかもしれないし、きっと乱れると思うが、でも、もう一度」

疲労のきわみの姿だろう、毛布にくるまれ、膝に紙の束を置いた人が彫像のようにすわっていた。よく見ると、閉じた両眼から、とめどなく涙が頰をつたっていた。

出版社に返された初校が残されていて、Ｉのマークと、「要再校」「至急」の書き込み。日付は一九二四年五月二十六日。カフカは再校を見たはずだが、それは残されていない。ただ日付はわかっている。六月二日、つまり死の前日である。

読者がたえず感じているカフカに独特の呪縛力の一つにちがいない。それと知らず、作品そのものの進行に立ち会っている。食と眠りとを削り、この上ない緊張のなかでできていった、その息づかいまでも、ともにしている。創作が作者そのもの、ペンとともにカフカはまさしく断食芸人になっていた。

Uブックス「カフカ・コレクション」刊行にあたって

このシリーズは『カフカ小説全集』全六巻（二〇〇〇―二〇〇二年刊）を、あらためて八冊に再編したものである。訳文に多少の手直しをほどこし、新しく各巻に解説をつけた。

白水uブックス　157

カフカ・コレクション　断食芸人

著者　フランツ・カフカ
訳者 © 池内《いけうち》 紀《おさむ》
発行者　川村雅之
発行所　株式会社白水社
東京都千代田区神田小川町 3-24
振替　00190-5-33228　〒 101-0052
電話　(03) 3291-7811（営業部）
　　　(03) 3291-7821（編集部）
http://www.hakusuisha.co.jp

2006年 8月 20日第1刷発行
2009年 1月 30日第3刷発行
本文印刷　精興社
表紙印刷　三陽クリエイティヴ
製　　本　加瀬製本
Printed in Japan

ISBN 978-4-560-07157-1

乱丁・落丁本は送料小社負担にてお取り替えいたします。

白水*u*ブックス

- *u*1〜*u*37 シェイクスピア全集 全37冊 小田島雄志訳
- *u*38〜*u*50 チボー家の人々 全13巻 ロジェ・マルタン・デュ・ガール 山内義雄訳 店村新次解説
- *u*51 サリンジャー／野崎孝訳 ライ麦畑でつかまえて（アメリカ）
- *u*52 ヤーン／種村季弘訳 十三の無気味な物語（ドイツ）
- *u*54 マンディアルグ／生田耕作訳 オートバイ（フランス）
- *u*56 ヴォネガット／池澤夏樹訳 母なる夜（アメリカ）
- *u*57 ボールドウィン／大橋吉之輔訳 ジョヴァンニの部屋（アメリカ）
- *u*58 *u*59 ロッジ／高儀進訳 交換教授上・下（イギリス）
- *u*62 バース／志村正雄訳 旅路の果て（アメリカ）
- *u*63 プイグ／鼓直訳 ブエノスアイレス事件（アルゼンチン）
- *u*71 窪田般彌・滝田文彦編 フランス幻想小説傑作集（フランス）

- *u*72 種村季弘編 ドイツ幻想小説傑作集（ドイツ）
- *u*78 ブルトン／巖谷國士訳 ナジャ（フランス）
- *u*82 マンディアルグ／生田耕作訳 狼の太陽（フランス）
- *u*85 アポリネール／窪田般彌訳 異端教祖株式会社（フランス）
- *u*87 阿刀田高編（日本） 笑いの侵入者—日本ユーモア文学傑作選Ⅰ
- *u*88 阿刀田高編（日本） 笑いの双面神—日本ユーモア文学傑作選Ⅱ
- *u*89 澤村灌・高儀進編（イギリス） 笑いの遊歩道—イギリス・ユーモア文学傑作選
- *u*90 榊原晃三・竹内廸也編（フランス） 笑いの錬金術—フランス・ユーモア文学傑作選
- *u*92 金学烈・高演義編 朝鮮幻想小説傑作集（朝鮮）
- *u*93 沼澤洽治・佐伯泰樹編（アメリカ） 笑いの新大陸—アメリカ・ユーモア文学傑作選
- *u*96 藤井省三編（中国） 笑いの共和国—中国ユーモア文学傑作選
- *u*97 金学烈・高演義編（朝鮮） 笑いの三千里—朝鮮ユーモア文学傑作選
- *u*98 オースター／柴田元幸訳 鍵のかかった部屋（アメリカ）

- *u*99 タブッキ／須賀敦子訳 インド夜想曲（イタリア）
- *u*100 ヘムリー／小川高義訳 食べ放題（アメリカ）
- *u*101 レオポルド／岸本佐知子訳 君がそこにいるように（アメリカ）
- *u*103 カー／小野寺健訳 ひと月の夏（イギリス）
- *u*104 ムーア／干刈あがた・斎藤英治訳 セルフ・ヘルプ（アメリカ）
- *u*105 リチャードソン編／柴田元幸・菅原克也訳 ダブル／ダブル（アンソロジー）
- *u*106 オブライエン／中野圭二訳 僕が戦場で死んだら（アメリカ）
- *u*107 ラドニック／小川高義訳 これいただくわ（アメリカ）
- *u*109 ラドニック／松岡和子訳 あそぶが勝ちよ（アメリカ）
- *u*111 カルヴィーノ／米川良夫訳 木のぼり男爵（イタリア）
- *u*113 東谷穎人編（スペイン） 笑いの騎士団—スペイン・ユーモア文学傑作選
- *u*114 ボルヘス／土岐恒二訳 不死の人（アルゼンチン）
- *u*115 タブッキ／須賀敦子訳 遠い水平線（イタリア）

白水*u*ブックス

u158 カフカ／池内紀訳【カフカ・コレクション】
ノート1 万里の長城（ドイツ）

u159 カフカ／池内紀訳【カフカ・コレクション】
ノート2 掟の問題（ドイツ）

u160 ウィーラン／代田亜香子訳
家なき鳥（アメリカ）

u161 ペナック／末松氷海子訳
片目のオオカミ（フランス）

u162 ペナック／中井珠子訳
カモ少年と謎のペンフレンド（フランス）

u163 ペロー／ドレ挿画／今野一雄訳
ペローの昔ばなし（フランス）

u164 グリム兄弟／吉原高志・吉原素子訳
初版グリム童話集 1《全5巻》（ドイツ）

u165 グリム兄弟／吉原高志・吉原素子訳
初版グリム童話集 2《全5巻》（ドイツ）

u166 グリム兄弟／吉原高志・吉原素子訳
初版グリム童話集 3《全5巻》（ドイツ）

u167 グリム兄弟／吉原高志・吉原素子訳
初版グリム童話集 4《全5巻》（ドイツ）

u168 グリム兄弟／吉原高志・吉原素子訳
初版グリム童話集 5《全5巻》（ドイツ）

u169 バリッコ／鈴木昭裕訳
絹（イタリア）

u170 バリッコ／草皆伸子訳
海の上のピアニスト（イタリア）

u171 ミルハウザー／柴田元幸訳
マーティン・ドレスラーの夢（アメリカ）

u172 ベイカー／岸本佐知子訳
ノリーのおわらない物語（アメリカ）

u173 ユアグロー／柴田元幸訳
セックスの哀しみ（アメリカ）